[奥地利] **斯蒂芬·茨威格** 著

沈锡良 译

恐惧

目 录

梁永安　导读

别怕，每个人都是孤独的　　　001

恐惧　　　035

导读

梁永安

复旦大学中文系教授,作家、旅行摄影师,被评为复旦大学"最受欢迎老师"。

梁教授关注到青年一代的爱情问题,不仅在复旦大学开设"爱情课",还在B站等平台录制系列视频,讨论脱单、相亲、异地恋、虚拟恋爱等话题,在年轻人中拥有超高人气,被网友亲切地称为"懂爱情的梁老师"。

别怕,每个人都是孤独的

梁永安

茨威格填补了男性叙事中的女性视角

茨威格生于 1881 年，这个时期欧洲社会正处在剧烈的冲突之中，不同国家的利益相互碰撞，因此也是价值动乱的时期。在此之前，整个西方社会在发展的过程中有一段时间矛盾没有这么剧烈，贵族社会还维持着优雅高贵的生活，英国维多利亚时期生活上还是强调绅士风度、淑女精神，一切都有一个规范。再往后就出现了一些变化，比如 1850 年至 1860 年出现的最典型的作品就是《包法利夫人》,开始描写女性欲望的释放。美国作家麦尔维尔的《白鲸》则聚焦男性的欲望,男性驾驭捕鲸船,象征着男性对世界的征服,而这种征服依靠的是工业技术的大发展。到了1870年又往前走了一步,社会越往前发展打开的面越大,身处这个环境的人的选择也就越多,比如奥尔科特写的《小妇人》就是对女性社会生活的思索。四姐妹中,老大偏传统,憧憬浪漫的爱情;老二独立自主,立志成为作家;老三特别单纯,注重道德上的自强;老四则是偏理想化的,以艺术为生。这其实反映了社会观念的改变给人们提供了多种选择。

但是到了1881年,帝国之间、大的政治集团之间利益的不可相融性变得特别厉害。整个社会的从容度降低了很多,虽然这一代人还能感受到前面那个时代的人文脉络,但是现实中整个社会板块化越来越严重。利益冲突造成一个很大的后果就是欺凌弱者,或者制造敌人。奥地利有很多犹太人,存在着犹太价值,他们有很大的创造力,包括爱因斯坦、弗洛伊德,这些人都是在这个时期有很大的生命释放。这样一个价值动荡时期,给茨威格的成长过程埋下很多内在的对未来产生巨大压力和自身内心痛苦的东西。犹太人当时是没有祖国的，他们一方面是忠诚的臣民，另外一方面又有自己的信仰、自己的文化，赚钱的能力又相当强，身为外来者，犹太人发现商机无处不在，而且不会因为信仰不同、政治归属不同、种族不同，就不跟你做买卖。十七世纪英国的哲学家约翰·洛克讲了一个特别重要的问题，在现代化发展过程中的文明转换中，商业文明其实最有多样性，最有普世性，因为商人追求利润，哪里有利润就去哪里，什么有利润就去做什么，不管政治、民族、信仰、宗教。商人在大发展时代，漂洋过海走遍五大洲，跨越了各种各样的障碍，为了利益就得承认别人、跟不同的人打交道。这个过程中，犹太人就像一个兼容并蓄的文化收集器，对近代文明的发展起了非常大的推动作用，这跟他们的商人属性、经济本能很有很大关系。

然而，在利益冲突升级、社会动荡不止的年代，犹太人的顽强存在开始引起其他利益群体的排斥，社会中逐渐产生的反犹主义使得茨威格这些人在成长过程中始终有一种敏锐的感知人的精神病症的能力，这在一些杰出的作家、艺术家那里都可以感受到。比如卡夫卡就是战战兢兢，他在写给朋友的信里讲述了心惊胆战的生活，反对危险的反犹主义的环境。弗洛伊德也是犹太人，同时又是精神病医生，他也有一种面对时代变革时巨大的威胁感。这些人天生善于在这个扭曲的时代里找到人类的病症，但是政治上很谨慎，他们并不倾向于政治批判，就像茨威格，他的文学气质逼着他往人类精神深处，人和人的精神交往、情感交往的方面去探索，不会外化成很大的一种政治抗议，或者更为宏大的叙事。政治题材的作品要依靠一个很大的阶层，诉诸劳苦大众、诉诸某种集团。犹太人没有这种基础，因此他们一般会选择内化发展，转向探究人的精神困境。

茨威格比较早地意识到人心深处有太多渴望，而这种渴望又带来生存的困境。我读茨威格的作品就一直感觉到，他笔下人物的内心世界虽然是板块化的，其实里面有他的逻辑。在我看来，一个人的生活可以分为四个区：一是舒适区，自己很适应，这个适应跟原生家庭、地域文化、原来继承的东西有关系，是自己熟悉的。我们从文学角度来说，一个人接受一个完全陌生的东西，会特别吃力，但是如果接受一个非常熟悉的事物就会很顺滑，衔接度非常高，比如面对生活中接触的观念、潜在的东西，各种各样的消费社会的一些理念，人就比较容易接受。这是契合人的弱点，人总是避难就易、避繁就简，特别是在更低的社会位置时，如果从众一点就能处于舒适区，彼此就会互相发热，互相成长、互相认定。

其次，人生当然也有艰难区，处在艰难区人往往有自己的意识、自己的选择，这样就给自己带来很多想不到的问题，可以打开不同的过程，生活多一些可能性。文学作品很多都写的是艰难区，探索社会的可能性。存在即合理，这是存在主义的观念，每一处都有自己多项的选择。文学上发展到后现代主义，就像博尔赫斯的作品，每一个点上都可以无限发散，都有无限可能。生活中，大多数人会找安全，避险意识很强。但是在文学里可以大胆尝试不同的选择，不同的路径，探索未知，这就有了戏剧性。

三是麻木区。正因为舒适，舒适区就会有循环性，舒适的人就会麻木，对生活没有新鲜感，最后滑进麻木区。在今天的生活里，我最怕听年轻人说活得很快乐，一点忧愁都没有，其实他不是真快乐，而是已经麻木了，已经习惯天天如此，没有扎心感，很容易进入麻木区，丧失了面对生活应该有的丰富的感知能力。

最后一个就是觉醒区。艰难区的人走着走着，独特的生存环境、独特的心理体会、独特的经验积累会把他们慢慢地推入另外一个区——觉醒区，或者叫发现区，发现生命还有另外的可能，于是有了一种新发现，人一下子就找到了生命的价值，感觉到生命原来这么幸福，突然在山穷水尽处体味到一种幸福。这就像唐诗里呈现的"鸡声茅店月，人迹板桥霜"，一般人看来大早赶路好辛苦，但换一个人就不会这样想——别人尚在沉睡时，诗人早行看到这样的风景：微亮的天，鸡声传过来，板桥竟然已经有了第一行脚印，一下子觉得这个世界是不一样的。诗人体会到的"早行"的清净，别人都没有看到，由此产生了内心的幸福感。

伍尔夫在《论现代小说》中有一句话，她说"1905年之后人性发生了变化"。为什么是1905年？1905年，弗洛伊德出版了一本书《多拉的分析》。全维也纳的学术界都知道弗洛伊德要做一个惊人的报告，来了两百多人，都是满怀渴望的听众，但最后听完的人只有五个。弗洛伊德在报告中称，人是潜意识的动物，人的自我、超我的种种表现都是本我欲望的一种外化，这种外化表现为一些假象、幻觉、病症，结论就是——每个人都是精神病患者。其实在这之前，弗洛伊德在巴黎进修，他看到那些精神病人，女性特别多，弗洛伊德就很吃惊，为什么？诊疗过程中他跟半眠状态中的女病人对话，问她"你的情人是谁，干什么的"，没想到女病人的回答让弗洛伊德大吃一惊：有的人说情人是耶稣，有的回答说是著名艺术家，她根本不可能认识；还有的女人干脆说自己的情人就是弗洛伊德。后来弗洛伊德才发现，这些都不是真的，而是她们潜意识中的渴望，渴望不能实现就形成了病态——女性很容易有罪孽感，自己找了情人，觉得不可告人，内心压抑，逐渐焦虑，最后就进了精神病院。其实长期以来，思想界就缺乏一种文化、文学来描述女性心理，女性在一定程度上是跟着男性逻辑走的，所以要做出一个学术性的女性心理梳理特别难。弗洛伊德在这个时候发表"多拉的分析"，无疑对世人影响很大。所以伍尔夫说1905年之后人性转变了，强调从人的意识、人的领悟方面来观察人性，因为在她看来人性包括两部分，一方面是天然有的，且是历史化的，处在不断的变化和发展中；另外一方面是人的意识。这两方面结合起来才是人性的形成。

而茨威格的创作则印证了伍尔夫的结论，他在变化的人性中认识当时那个动荡的时代，他认为现代文明重构了人的精神世界，在他的很多作品里都写出了女性被弗洛伊德、男性叙事淡化了或者漠视的部分，因此他小说里面写的人是真正进入到现代小说的基本叙事中去的，这也正是茨威格为什么重要的原因。

茨威格还原了女性的丰富性

茨威格之所以重要，有一个原因就是，他塑造了很多非经典的人物形象，尤其是女性。

按照当时的西方文学传统，受人敬仰的作品是用一流的文字、精致的叙事方式去写经典的故事，比如雨果的《巴黎圣母院》，其实故事情节特别简单，但小说中充满了抒情、诗意，精英社会特别肯定雨果，把他称为诗人，因为他们认为诗人比小说家的境界更高。所以很多作家追求自己的诗人气质，把自己高贵化，写东西一定要写得非常精致，力图写出一些特别有高度的文明和教养。但巴尔扎克就写得很世俗，他的小说里充满了各种起伏跌宕的转折，读起来很带劲，所以很多法国人把他定义为通俗小说家。

茨威格在写作时，起点上就有一种面向最广大普通人的叙事口吻，他的叙事风格有点像毛姆。毛姆也是这样，很多人骂毛姆、批评毛姆，说他写得太流俗，毛姆自己讲得很清楚，他说只有那种思维里面一片朦胧，自己讲不清楚自己的人才会写所谓的意识朦胧的东西，这不是高级。毛姆自己写得就一清二楚，没有这层朦胧的面纱，一般人读了特别容易理解，所以他一辈子靠写作赚了 1.2 亿美元。与毛姆相比，茨威格写的故事很漂亮，但是难度非常高，因为他是往变化的人性、心灵深处去写，尤其是女性的心理世界。这一点特别好。茨威格的小说里面，所谓的懂女性，主要是因为面向女性心理没有一个预置的道德框架，没有类似道德审判官或者宗教时代传下来的对女性抱有特别大的先天偏见。茨威格善于把人放在一种生活的情感大波涛里，来写这里面人的感性、人的本我、人的欲望、人的各种社会处境和境遇。

茨威格的小说多写女性心理世界，但想要呈现的是更大的人类性、普遍性。从人类发展史看，男性更多的表现出一种特别大的目的性，目标性很强，功利性也很强，注重结果，这就造成男性在生活里会过滤掉一些细微的东西。而女性则长期处于家庭事务中，有非常细微的心理体验，因此女性具有一种非常切身的沉浸性以及表达性。其实这种气质在原始时代男女都有，但是随着社会的发展有了很多的分化，在女性身上的表现则多一些。而茨威格的作品通过对女性心理世界的还原，写出了人类应该具有的一种丰富性。在茨威格生活的时代，大工业的发展、大资本的运作、大板块整合，男性显得锐度很强却十分粗糙，而且文学作品中男性往往被格式化了，相比之下，女性在那个时代却保留了很多人性深处人真诚的东西。比如茨威格的小说《一个陌生女人的来信》，写得那么深情，而《一个女人一生中的二十四小时》是在他四十多岁的时候写的，写出很有柔情的东西，尤其是女主人在赌场看到脸色苍白的年轻人，描写这个男人的手部动作，细腻又动情，瞬间让读者感觉到那种女性面对这样一个男性时母亲般的拯救感，甘愿为其陷入灾难。

当然还有茨威格的《心灵的焦灼》《昨日的世界》，都能够在内心深处写出一个人，特别是一个女性生活中的基本心理需求，总是跟内心的爱、内心的柔情联系在一起，释放出一个不一样的心理遭遇。所以在茨威格女性心理小说中，不幸始终是很大的一个要点。《一个陌生女人的来信》描写的就是一个陌生女人的不幸，她那么爱他，付出那么多年华，始终把生活的焦点放在他身上，但是那个作家半点感觉都没有，仍然飘荡在滥情的生活中。在这部小说中，茨威格写出了一种在那个社会里好像是很卑微的女子，她很不幸，但是在读的时候却能感觉到女孩子内心那种人性的光彩，能感觉到她的温度。我在读《一个陌生女人的来信》时，一开始也觉得这个女孩子太不幸了，但后来我觉得其实这个小说的重点还是在这个男性，现代社会中，很多男性表面上好像获得了很多，有声誉、有地位、有吸引力，过得奢华和快乐，但是实际上他们往往感觉到生活的空泛，像是生活在一堆泡沫里，在碎片化里漂浮，而漂浮的人有一个特点，就是往往会忽略生活里非常宝贵的存在。在这个浮华的社会里，女孩子对他这样的真情付出，按理说他应该是永生难忘，然而不是的。所以生活里幸福不是不在，而是得不到，人永远把幸福放在看不见的地方。现代的小说经常会这样写，像爱尔兰作家乔伊斯写的《都柏林人》里面有一篇，男人一方面要做一个绅士，另外一方面又渴望浪漫之情。有一个太太尽管家境很好，穿得也很讲究，但是生活很平庸，但是她心里非常渴望有真情的生活。遇到这位先生后，她觉得他有修养，能体会这个世界。有一次跟他见面正聊着，忽然这个女人克制不住拿起先生的手就吻了，一下子爱意流溢出来，但那个先生却在那一瞬间突然就弹出一种巨大的虚假的东西，立刻觉得这个女人怎么这么不道德。就这么一下，这个女人很惊恐，后来就逃走了。逃走之后，这个先生又觉得心理上有一个很大的遗憾，当时应该紧紧抓住她的手。就这么过去了几年，先生傍晚忽然看到报纸上有则新闻，一个女人在穿过马路时神情恍惚被车撞死了，他看到是这个女人，忽然觉得这个女人神情恍惚，给人印象是一个很堕落的人，幸好当年没跟她开始一段情感，他觉得自己特别的正直，特别有道德。结果到夜色浓浓的时候他忽然涌起一种悲哀，他知道这个女人遭遇的一切是他造成的，他给了她一种希望，与此同时他又想到自己因拒绝了这个女人而变成了一个正人君子……他这种自我矛盾的心理对别人构成了一种残酷——女人深爱他，结果整个生活被沉重地打击和粉碎了，整个人生活在悲剧中，生活在对世界的绝望里，魂不守舍，最后是这样不幸的结局，这个男人也终于觉得很悲哀。所以茨威格写《一个陌生女人的来信》时，把重点放在女性细微心理的展示就会产生一种反思力，在同情女主人公的同时，会产生一种对男性的强烈的审视，生活中的男性是一种什么样的选择、什么样的意识，这就是扩大了小说的外延。

再说《一个女人一生中的二十四小时》，这是茨威格非常重要的一部小说。女主人公在赌场里看到男主人公输得一文不剩，在院子被大风雨浇灌，她救了这个年轻人，把他扶起来，男的喃喃之中说出一个地址，她把他送回旅馆，开门的一瞬间，年轻人把她拽进去，两人有了一夜情。女人知道他是一个外交官的儿子，不想耽误他的前程，就给了他钱，让他赶快脱离这个是非之地，诱惑之地。这个年轻人答应了，把他送上火车时，他的生命处于游离状态，魂不守舍，最后又回到赌场后则焕发一新，她大吃一惊，痛斥他。虽然很荒唐，但这是这个女人一生中唯一一个波澜，而且不能向谁诉说，一说就是一种道德上的堕落。在这部小说里，茨威格有一个很深的批判。在大多数的故事里，人的沉沦都是不可避免的，茨威格写出年轻人的一次沉沦这很正常。因为年轻人不知道这个世界的真情，不知道这个世界会给人带来什么，不明白什么是正向、什么是负向，什么是美好，什么是价值。但茨威格写出了男人的二次沉沦，这种曲折和复杂就是成长。虽然这个女人对年轻人的拯救更多地呈现在赌博之外一种发自天然的情感，她是个陌生人，她对他的感情既有恋爱的冲动，同时又是非常有力量的拯救，因此这个女人身上承担的既是一个女性的角色，又有一个叙事的颠覆性，把男性的角色功能转移到女性身上，把女性变成一个拯救者，所以回到旅馆给他钱让他走这一情节，在小说里面就是一种很浪漫、非常具有热量的东西。而且，茨威格并不止于此。故事接着还有一个非常好的叙述点，这个小伙子后来又陷进去了，那么，为什么拯救不出来？这才是个大问题。这让读者不禁反思，这个上流社会的年轻人为什么沉浸在赌博里？意义在哪里？上流社会的环境把他封闭住了，他又没有能力像海明威那些迷惘的一代或者艺术家那样表达自我，所以他经过外部的一次救助获得拯救，但是实际上他自己已经失去了真正的内在的生命再生力。优渥的上流社会生活使他变成一个肌无力患者，精神的肌无力。所以这个女人是拯救不了他的，她不能第二次把他拉出来，拉几次都不行。因此我们不能把这部小说看成一个简单的情感小说，茨威格要反映的是一个沉沦的世界，而在那个无法自拔的社会，女性却保持了最后的一份温暖，但这份温暖却又无济于事，这让人感到无奈和悲哀。

孤独和恐惧相伴相生

茨威格在1925年写了《恐惧》，这时他45岁，正处于创作最旺盛的时期，这是他创作生涯具有标志性的一部作品。女主人公伊蕾娜家境很好，生活得很平常也很平稳，但是在一次偶然的音乐会上遇到一位钢琴家。音乐给人的感觉是自由、是无限遐想，有一种打破各种各样的禁忌、打破生活里常规的某种东西的可能。音乐的核心精神是自由精神和创造精神,如果自由和创造不连在一起就没有意义。比如交响曲,里面有主旋律、复调、形形色色的变化,在这里可以听到各种声音,但是又是在互相之间的冲荡与和谐中不断地变化,构成这个世界特别本原的感知。在这个层面上来说,一部好的交响曲就是一个完整的世界。我们立足在这个世界上,每个人又有自己的小世界,然后跟大世界之间有对话,这个时候生命才是活的。一个人一辈子身上都有两股力量,一种是追求内心的润滑,喜欢在轻量化的生活里获得舒展;另外一种力量让我们穿透僵硬生活的表面,对生活有一种更深的理解,这要具备一定的思想观念并付诸实践。有的人善于发挥后者的力量,把这种突破力发展成一种强项。然而,世界上太多的人则活在自己的弱点里,很多人一辈子都没有展开。这就像很多假音乐让人听着很舒服,其实听不听都一样,没什么改变。《恐惧》的女主角伊蕾娜听了钢琴家的演奏,一下子内心有了一种激动、波澜。但这其实是世界上任何一个女性稍微有一点内心激动都会有的那种内心冲动,很多文学作品都写这个，这是虚的，她实在的生活是另一个样态，是平稳的超稳定结构。但是这种虚的心理冲力里有非常大的、属于内在热度的东西。那么虚实之间怎么转换？世界上很多有创造性的女性都是把虚变成了实，实化成了虚。就像法国作家罗伯-格里耶写的电影小说《去年在玛丽温泉》，女人A的丈夫照顾她的情绪，每年带她去温泉疗养两个星期。去了以后，丈夫忙于商务，女人就在外面游荡，这一年去遇到一个年轻人，年轻人跟她说"你来了"，她一看大吃一惊，自己并不认识对方。年轻男人又说，怎么不认识我了，去年我们一起经常在这里散步。这个女人觉得大为惊讶，调头走了。第二天她又来这里，又碰到了年轻人，就这样谈了一个礼拜女人终于想起来，她去年确实遇到他，跟他天天散步，后来跟他约好今年去私奔。这里面就有一个虚实转化的手法，其实这是年轻男人给她描绘出来的一个虚构场景，但是她内心的野心和真实渴望与虚构的情景里应外合，最后女人决心跟这个男人私奔了。

这和《恐惧》里的伊蕾娜很像，家庭优渥，但漂浮在空虚的上流社会格式化的生活中，现实生活和内心渴望有一个矛盾冲突，这其实是上流社会女性的悲哀。其实，每个人，尤其是女性，内心深处都藏着一个小野兽，就像弗洛伊德讲的小火山。但是到底爆不爆发，或者将其转化，都有可能。小火山爆发了，就像传统叙事的情人传统，男女发展成恋人关系，这在之前的文学作品中很常见，而茨威格避开了那些，写出另外一种可能，写伊蕾娜内心小火山爆发后，心理上的一种拉扯，这就很有意思。伊蕾娜跟钢琴家情人约会，突然一个女人来敲诈她，故事一下子变成叙事学上的悬念了，但这个悬念还不彻底，因为读者会觉得有可能是遇到了黑帮，是监视伊蕾娜之后找来敲诈的，就像意大利作家的写法，可能这个敲诈的女人背后有一帮黑手党；我们还可能设想这个人敲诈了她以后，再敲诈她丈夫等等，从而引出一大串的情节。但是《恐惧》写着写着转向内化了，写伊蕾娜内心深处从惊慌变成恐惧，心里一恐惧她就想到遮掩，这里可以看出伊蕾娜的单纯。茨威格叙事的分寸掌握得非常好，伊蕾娜单纯得像小鸟一样，对方一要钱，她就开始方寸大乱，下意识地赶快给她，然后就陷入惊恐之中，惶惶不安。所以这不像萨克雷的《名利场》写了很多处心积虑的女人，交际手法都是设计过的，套路很深，左右逢源。也不像美国电影《午夜牛郎》里的那些女人，老练、油腻。《恐惧》中的伊蕾娜和她们不一样，她的生活看上去很体面，但是精神深处是无依的，这个时候遇到这个钢琴家，茨威格是有一种暗示的。为什么伊蕾娜被敲诈却不能依靠情人呢？这个男人为什么不能像传统叙事里的男人那样挺身而出保护她？那么，伊蕾娜的希望到底在哪里？怎么解决这个危机，甚至是绝境呢？一般的情人小说里，情人、敲诈者、家庭、丈夫等等，围绕这几个角色就有很多不同的写法，会产生完全不同的小说。有的小说写出情人英勇无畏的真价值，两个人不怕毁灭一切，追求那个时代的自由之路。最著名的例子就是劳伦斯写的《查泰莱夫人的情人》，康妮和梅勒斯之间，不管发生什么曲折，最后还是走到一起。但这需要一个基本前提，就是离开自己的阶层沦落到底层，把爱情放在第一位，然后重构生活。这是现代女性的成长之路，拥有这个世界的一种方式。

那么，伊蕾娜是否可以依靠财富满足敲诈者，让她住口，停止敲诈，让自己获得一种风平浪静，获得安宁。《恐惧》里故事的推力也在这里，敲诈者不断地提高要价，一步步升级，伊蕾娜又不可能跟丈夫说明情况，这就在她心理上造成被挤压的感觉，这也是她越来越恐惧的原因。在很多小说里，女性被逼迫到这一步时会跟自己的丈夫摊牌，寻求一个了断。但是茨威格没有给伊蕾娜这个选择，因为她平时和丈夫之间，表面上好像一切平顺，实际上她发现丈夫其实是个陌生人，无法跟他说。这一点茨威格处理得特别好，恨一个人也好，爱也好，彼此有陌生感就很危险了。我们今天的社会生活中很多所谓的爱情婚姻，走了一辈子也是陌生人，很多都是"婚姻中的单身"，各自追求自我满足，很难体会对方的感受，也就很难构成一种生命的共同成长。但所谓幸福的爱情，第一要义归根到底不是得到而是付出，付出的过程中会有增量，真正的幸福在于共创，两个人在爱情的共创里构造出一个新的、真正属于两个人共有的世界，这个共有世界能形成多少，特别能表达爱情的容量或者说质量，而且不能分离，一分离这个世界就没有了。让伊蕾娜感到惊恐的是，她这个时候发现跟丈夫只是陌生人，所以她没办法跟他倾诉，她可以说走投无路，像被闷在一个袋子里，袋口越束越紧，她越来越恐惧，茨威格写出了一个人恐惧到极点时的那种窒息感。而且，这种恐惧不是世俗意义上因为偷情怕被发现而感到的恐惧，那是通俗小说的写法，《恐惧》里的女主角是无依的，有一种无依无靠的感觉，世界上所有人都变成了远距离的关系，都变成了虚空。从这个层面上，茨威格写出了当时社会中人的精神关系、感情关系，在那个机械复制时代，在那个普遍存在物质和精神冲突的时代里，人和人的关系尽管还维持着原来的模式，有浪漫，会结婚，甚至还有婚外情，但是归根到底沉淀下来都是虚空，可怕的就是这个。

说到这里，我们可以联想到卡夫卡的小说，除了《变形记》，他有一篇小说叫《地洞》，写一个小生物为了排除外部世界的威胁，就在地下挖一个迷宫一样的洞，它设计得特别复杂，五花八门地奋斗了很长时间，终于把迷宫建成了，又开始设计入口的伪装，终于完整的迷宫修好了，心里总算安定一点，它坐在迷宫最深处的生活区，忽然感觉还是不行，总是感到莫名的恐惧，最后它决定不要这个迷宫了，另外造一个……其实，世界上没有任何东西可以给自己踏实感，我们人类一辈子也是处在构筑自己迷宫里的过程中，很多人挣钱就是为了给自己一个安全的生活，找一个人结婚就是希望在他/她身上找到依托，干任何事情目标不仅仅是有价值，而是获得这个东西之后，就获得了一个稳定的社会身份，获得了一个稳定的生活预期等等。这和小动物挖地洞是有共通性的。小动物挖了第二个迷宫出来，终于觉得可以了，终于放松了，这下可以安心生活了，结果没有想到坐在那里它突然听到远处有什么东西隐隐在响，有东西往它这边挖掘，于是惊恐万状。这个"咚咚"的声音，卡夫卡写得特别好，这个"咚咚"不是外部的声音，而是心理上的。

在《恐惧》里，不仅仅是具体的敲诈事件让女主角恐惧，而是通过这个事情她意识到自己本质上是活在恐惧中的，敲诈者代表着整个外部世界，形形色色的陌生人，完全跟自己没有任何一种温暖联系。由此，我们可以说茨威格在这个小说里写出了人当时的真实情况，在帝国主义时代，冰冷的"蛮力时代"，在大规模的机器化、集团化竞争中，人类逐渐失去了人性的温度，失去了在生活里的成长，人和人之间没有对话性，只有利益，只有金钱，只有得失，人完全是孤独的人，这就是伊蕾娜的心理状态。因为孤独，她才会跟钢琴家有一夜情，因为孤独，她才会在面临敲诈威胁时感到无助，这又加深了孤独感。孤独和恐惧相伴相生，孤独是内在的，是一种生命最深的内在体会；恐惧是外化的，面临空洞的世界，充满了毁灭感，所以内外一体形成了她的悲剧处境。

别怕，每个人都是孤独的

茨威格非常善于写小说，把这种孤独感、这种恐惧心理写得波澜起伏，伊蕾娜到最后几乎走到崩溃的绝路，甚至想要自杀。自杀这种情节是现代小说里关于女性的新写法，因为历史上自杀是属于男性的权利，比如古希腊悲剧时代的小说里面宣扬英雄主义，男性最终的结局往往就是毁灭，决斗、剖腹、刺瞎双眼等都是男性英雄气概的表现。但是近代以来这个情况有所变化，现代小说中，女性也毁灭，比如包法利夫人最后就服毒自尽了。所以，《恐惧》中写到女主角也想到了自我毁灭，这部小说的现代性意义就不言而喻了。然而，茨威格的伟大之处就是，他不会止步于引爆女性内心深处的小火山，而是在这个火山就要爆发的临界点，宕开一笔，在道出世界的悲凉的同时，又怀有"茨威格式的温暖和善良"。茨威格对当时那个世界一定是有很深的沧桑的积累，他年轻时也有浪漫，对世界也是相信的，从内向外迸发过激情，会获得生活的远方和一种诗意，产生了一种对世界的共鸣。茨威格写这部小说是在十九世纪二十年代，就像《了不起的盖茨比》里展现的，爵士时代的繁荣景象，美国发现新大陆，工业蓬勃发展，这是一个消费热情高涨的时代，也是一个人用消费标志自己价值的时代。但这样的喧哗，带来的还有价值的虚空，盖茨比最后毁灭，黛西回到自己的麻木里，最后我们感受到的是精神上的荒凉。但同处于这个时代，茨威格在《恐惧》里虽然也写出了伊蕾娜的孤独、空虚和迷惘，最后走投无路，想自我毁灭，用这种所谓最轻松的方式使自己获得解脱。但茨威格没有这样简单处理，而是情节突转，故事的结局是，伊蕾娜的丈夫原来什么都知道。看到这里，让人觉得哭笑不得。从某种角度来说，这个丈夫是想让妻子看到世界的冷酷，而且在这个过程中，丈夫也知道所谓的音乐家情人在自己妻子陷入困境甚至绝境时，也不会有真正的力量给他的妻子。这个丈夫置身于上流社会，对这个世界看得很透彻，知道这个世界充满了虚无，但我们看这个小说时绝对会想，为什么丈夫只能用这种方式来表达自己的感情？为什么出事之前不能多爱妻子一点，是不是他觉得财富对她来说就是最大的温暖，觉得住在豪宅、生活奢华，妻子就会觉得很快乐？女主角在回忆自己过往时，一开始也是这样的逻辑，觉得自己生活得很好，但是渐渐发现天天重复一样的生活，与丈夫没有交流,渐渐地陷入一种麻木,也就是从舒适区走到了麻木区。所以她想追求更大的舒适,于是有了一个情人,但是没想到会遭到勒索,被迫到了艰难区,孤立无援、孤独无助,满眼都是困境,幻象最终被戳破时才发现这个世界原来如此冰凉。更让人看到悲凉的是,由于伊蕾娜的单纯,面对丈夫的冷漠,她的世界瞬间黯淡无光、漆黑一团,让人觉得可悲。然而,丈夫不懂妻子的情感需求、精神需求、爱的需求,这是男性普遍的情商盲区,更让人觉得悲哀。就像美国上个世纪八十年代的电影里拍的,男主角是职员,努力工作,觉得能挣够用的钱,给家里的妻子孩子带来更好的物质享受,那就是幸福。结果没有想到妻子跟他离婚,跑掉了。这种写法就是把女性物质化了,忽略了女性的心理需求。这是一个问题,对于传统的男性文化来说,已经形成了一种对女性的狭窄的定性,觉得她们只需要物质方面的满足。另一方面,丈夫发现伊蕾娜有了婚外情以后,不是跟她推心置腹,表达自己的关心与爱,让她有一种情感唤起,而是选择震慑妻子,想方设法让妻子知道走出这个家门,在他的呵护之外她是多么的可怜，会遇到多少灾难，甚至是死路一条。丈夫通过撕破这个世界的表象来无限放大妻子的恐惧，使她陷入孤立无援从而主动选择回归家庭。看到这里，我们会觉得这个丈夫好像还不错，他所做的一起都是想挽回妻子，好像是爱她的。但是，这种所谓的爱，也在男性逻辑之中。小说的结局是，妻子终于回来了，不过我们仔细体会时会发现这个小说好像没结束：回归家庭后，伊蕾娜难道以后就不恐惧了吗？但实际上，虽然丈夫用外部的大恐惧把妻子逼了回来，但她内心的孤独还照样存在，在未来的生活中，她的内心深处，还是灰黑一片，这就延伸出女性在现代社会中的悲凉命运。

因此，《恐惧》探寻的是现代人漂泊在孤独的世界中，到底要采取什么态度。随着现代文明的飞速发展，人们的物质水平也在飞速提高，但是世界却呈现出一种扁平化趋势，为了让人"活下去"，社会不断变化，努力维持生产，但是"活不下去"的标准也随之提高了，你得到的越多，实际上付出也越大，而对幸福的定义也越来越缺乏丰富性。所以，哲学上说人的生活还没有达到人的阶段，还属于"非人"阶段。比如说衡量人的自由，最重要的指标应该是自由时间，是否自由要看你能不能拥有自己的自由时间，而现在很少这样衡量，取而代之的是拥有多少财富就拥有多少自由。《恐惧》里也写到了现代社会情感、精神方面的困境。小说中女演员这个角色耐人寻味，她清楚自己的角色，但同样身为女性，她在敲诈过程中看到女主角的无助，为什么还是按照雇主的委托去执行，为什么不能向伊蕾娜透露一点，为什么她那么理性，假设她稍有动摇，情节就会大不一样，女主角也许就不会发展到想以自杀来了断。这里可以看出女性和女性之间也被男性逻辑所控制，所以这个敲诈者才能制造一个接一个的恐惧，恐惧大戏才能实现，这就更加反衬出女主角的孤独。

这点写得非常好，茨威格后期的创作对《恐惧》里的孤独主题有很大的发挥，特别是在《象棋的故事》中，B博士被囚于一个只有四面白墙的单间里，无比空虚孤寂，靠从棋谱上学来的象棋才能解救自己，在精神上找到唯一一点点让自己能够活下去、精神能够延续下去的东西。但这种长期没有棋盘、没有对手的自我对弈使得他精神分裂乃至疯狂，最后在与世界冠军对弈时意外地选择了和棋，因为他需要一种更高级别的孤独。茨威格写下这个故事，就是想寻求一个活在世界上的尺度和智慧，他对世界有一种普世的怜悯。因为茨威格可能意识到一点，在这个世界上，人人都是孤独的，不仅是他自己。

1942年，茨威格自杀，很可叹，很可惜。如果他再坚持三年半，二战就结束了。1945年美国摄影师尤金·史密斯拍摄的一张照片，我印象特别深：在一个坡道上，密林外面有光，一个小女孩和一个小男孩，手牵着手往亮光处走……这是怎样的一种感受！人类在那么黑暗的状态里，还是相信有光明，还是往前走。然而，茨威格虽然经受磨难的能力很强，但他很敏感，更注重人的精神世界的荒凉、虚无，哪怕他知道这个世界还会重生，但是他觉得自己这一生是无限的苍白。他在遗书里写道，我属于过去的世界，欧洲文明的世界。是啊，十九世纪可以说是文艺复兴以后最伟大的世纪，这个世纪里奠定了太多的东西，从科学的三大发现，到人类新价值的树立，包括庞大的生产力的拓展等等，各种奇迹，塑造了现代世界的形成。然而，经过两次世界战争，欧洲在自我分裂、自我暴力中互相杀戮，那么好的文艺复兴以来的积累，都变成一种破碎感。茨威格亲眼目睹了欧洲从繁荣走向衰败的历程，他无法让自己置身局外，而是把个人命运和时代融为一体，所以他感到绝望，感到孤独。但是茨威格还是热爱这个世界的，今天看茨威格的创作，仍然让人深受感动，他给世人留下的是一个无比丰富的世界，充满人文推动的力量。

恐 惧
Angst

从情人家里出来，伊蕾娜向楼下走去，莫名的恐惧又一次猛然攫住了她的心。眼前像是有一只黑色陀螺忽地旋转着发出嗡嗡声，两个膝盖冻得硬邦邦的，她急忙抓牢楼梯扶手，才没有猝然倒地。她已经不是第一回壮着胆子进行这种高风险的幽会了，对她而言，这种骤然而至的恐惧绝不陌生。尽管每次回家时心里都在竭力抵抗，但每当这种荒唐可笑的恐惧毫无缘由地发作，她都会败下阵来。去幽会的路上，无疑要轻松愉快得多。那时，她让出租车停在街道拐角处，下车快步向前走，头都不抬一下，没走几步就到了大楼门口，然后疾步跨上楼梯，她知道在急速打开的门后面，他早已等着自己了。于是来时的恐惧，这确实也包含一种急不可耐的恐惧，在见面问候时的热情拥抱中烟消云散了。但等到她要回家时，那异乎寻常的神秘的恐惧不禁又骤然涌上心头，让她直打哆嗦。此刻这种深感愧疚的惊恐和迷乱的幻觉迷迷糊糊地交织在一起，好像走在大街上的每一个陌生的目光都能从她的神态中觉察出她从哪儿来，然后对她的慌乱不安报以不齿的一笑。在他身边最后那一刻，她就已经被早有预感的愈发强烈的紧张不安占据了。准备离开的时候，她的双手因为紧张慌乱而颤抖不止，她心不在焉地听着他的话，急切地阻止他的激情在临别时爆发出来。离开，只是希望心中的一切也同样永远离开，离开他的家，离开他住的那幢楼，从冒险的艳遇中回到宁静的市民世界。她简直不敢朝镜子里看，害怕在自己的目光中看到那种猜疑，可她觉得还是有必要检查一下，是否由于慌张在衣服上留下激情销魂时刻的蛛丝马迹。最后，尽管他又在喋喋不休地重复那些宽慰人心的话，但她紧张得几乎一句也没听进去，而是躲在门后屏息静听是否有人上下楼。一出门，恐惧早已急不可耐地抓住她不放，不由分说地阻止她的心跳，于是才走下不多的几级楼梯，就已经喘不上气了，感觉自己好不容易聚集起来的力量已经消耗殆尽。

她闭着眼睛站了一会儿，用力呼吸着楼梯间那暮色初临时的凉爽气息。这时，楼上一户人家的房门"砰"地关上了，她吓了一跳，赶紧振作精神，急忙走下楼去，同时双手不由自主地用那条厚厚的面纱把自己遮得更严实。现在是最后的可怕时刻了，她害怕从陌生的大楼门走向大街，说不定会遇上一个熟人恰好路过此地，劈头盖脸地问她从哪儿来，或许她会因此陷入迷惘和危险的谎言中，于是便像一名跳远选手助跑时那样，低着头，突然下定决心朝半开着的大门飞奔过去。

就在这时，她迎面撞上了一个刚好想进来的女人。"对不起！"她尴尬地说道，竭力想从她旁边疾走而过。可那个人死死将大门挡住，怒不可遏地盯着她，脸上带着一种肆无忌惮的讥讽神情。"我终于逮住你了！"她毫无顾忌地嚷道，嗓门尖利，"当然，一个体面规矩的女人，一个所谓体面规矩的女人！有丈夫，有钱，什么都有，可还嫌不够，还要和一个可怜的姑娘抢夺情人……"

"天哪……你想干什么……你搞错了……"伊蕾娜支支吾吾地说道，笨手笨脚地试图从她身旁溜走。可那个女人用自己粗壮的身体挡在门口，用刺耳的声音恶狠狠地回应道："不，我并没有搞错……我认识你……你从爱德华那里过来，他是我的男朋友……今天我总算逮住你了，现在我才知道，为什么最近一段时间他很少陪我……原来是因为你……因为你这个下流的……"

"天哪，"伊蕾娜压低声音打断她的话，"你别那么叫嚷好不好？"伊蕾娜不知不觉退回到了楼道里。女人讥诮地注视着她。伊蕾娜这种浑身发颤的恐惧，这种显而易见的无助，似乎让女人心情很好，因为此刻，女人脸上带着自信又自满的嘲弄微笑审视着眼前这个牺牲者。她的声音因为这种卑鄙的悠然自得而显得啰嗦，几近慢条斯理。

"这么说，她们和男人们偷情的时候原来就是如此，这些已婚女士，这些高贵端庄的女士。蒙着面纱,当然会蒙着面纱,以后还可以到处装作高雅的贵妇人……"

"你……你究竟想从我这里得到什么?……我根本就不认识你……我必须走了……"

"走了……那是当然……回到你的丈夫那里去……回到温暖的房间里,继续扮演高雅女人,让仆人给你换衣服……可是,我们这些人在干什么,即使被饿死,和你们这些贵妇人又有何相干呢……你们就是这样把一个人最后一点儿东西偷走的,这些体面规矩的女人……"

伊蕾娜提起精神,听从一种模糊的直觉,将手伸进钱包,掏出纸币抓在手里。"这个……这个给你……不过你现在就让我走……我再也不会过来……我向你发誓……"

那个女人恶狠狠地瞥了她一眼,把钱拿走。"骚女人。"她喃喃道。听到这句话,伊蕾娜不由得吓了一跳,但看到女人给自己让道,于是"嗖"的一声——就像是一个跳楼自杀者坠地时发出的闷响,飞快地冲出门去。她向前奔跑,感觉那一张张面孔像是变形的鬼脸从她眼前一晃而过,她双眼模糊，吃力地向前挣扎，终于来到了一辆停在拐角处的出租车那里。她就像扔一件重物似的，将自己扔到坐垫上，随后她心里的一切便凝固不动了。倒是司机吃惊不小，实在沉不住气了，于是问这位古怪的乘客究竟想到哪儿去，她这才眼神空洞地望了他一会儿，昏昏沉沉的脑子终于听懂了他的话。"到南站。"她仓促间脱口而出，突然想到或许那个女人还会跟踪她，便又说道，"快，快，赶紧开车吧！"

　　车开起来她才感觉到，和这个女人狭路相逢，自己的内心受到了多大刺痛。她轻轻动了动耷拉在身边的僵硬、冰冷的双手，突然浑身哆嗦起来，颤抖不已。喉咙里有种苦涩的味道在翻滚，她感到恶心，同时有一种隐约的莫名的怒火，宛若痉挛一般，将她胸腔里的东西一股脑儿掏了出来。她真想大声吼叫，或者抡起拳头乱打一番，以便从恐怖的回忆中解脱出来。这种回忆像鱼钩一样，扎在她的脑海里挥之不去：那张猥琐的脸上带着嘲弄的笑；那种卑劣的气味从无产者难闻的呼吸中发出来；那张丑陋的嘴咬牙切齿地将污浊不堪的脏话泼到她的脸上；那个女人竟然还放肆地伸出拳头威胁她。恶心的感觉愈发强烈，喉咙口越来越难受。飞速行驶的汽车带来不断的颠簸，她本想示意司机速度放慢些，可这时忽然想起身上或许没有足够多的钱支付车费，身上的钞票差不多都给了那个勒索她的女人。她急忙示意司机停车，火速从车上跳下，又一次让司机大吃一惊。还算巧，身上余下的钱够付车费。可然后，她发觉自己流落到了一个陌生的街区，置身于熙熙攘攘的人群中，听到的任何一句话，看到的任何一个人的目光，都会令她痛苦不堪。她的膝盖被恐惧吓软了，只能勉强拖着脚步向前走，她必须回家，便使出全身的力气，凭借非凡的毅力穿街走巷，仿佛是在泥泞的道路上或是没膝的雪地里穿行。终于，她走到了家门口，奔上楼梯，起先心里慌里慌张的，但为了避免自己的焦躁不安引起他人注意，她马上又克制住自己的情绪。

女仆帮她脱下大衣，她听见隔壁房间里小男孩和妹妹玩耍的嬉闹声，平静下来的目光所及之处都是自己的东西，全都是受到法律保护的家产，她的脸上这才恢复了镇定自若的神态，起伏的心潮悄没声息地从依然紧张而痛苦的胸间穿越过去。她取下面纱,意志坚定地调整脸上的表情,摆出一副若无其事的样子走进餐厅,丈夫已经坐在摆好晚餐餐具的桌旁看报了。

"晚了,晚了,亲爱的伊蕾娜。"他招呼道,责备中带着温柔。他站起身,吻了吻她的脸颊,这使她不由生起一种难堪的羞耻感。他们一起坐到桌旁,丈夫一边看报纸,一边漫不经心地问道:"你到哪儿去了那么久?"

"我是……在……阿梅丽那里……她那里需要办点事……所以我就过去了。"她又补充了一句,但对自己的慌不择言和不会撒谎感到愤怒。以往她总是事先准备好一套考虑周全、经得起任何检验的谎话,可今天因为恐惧,竟然忘记了这一点,只好笨拙地胡编乱造了。她忽然想到,假如丈夫像他们最近在剧院里看到的那出剧里的主人公那样,亲自打电话去询问,那该怎么办呢?

"你究竟怎么啦?……我觉得你看起来有些精神恍惚……你为什么不把帽子摘下来呢?"丈夫问道。她显出一副狼狈不堪的模样,感到自己又一次被当场逮住了,吓了一大跳,匆匆站起来,走到自己的房间，摘下帽子，随后从镜子里长久地注视着自己透露着烦躁不安的眼睛，直至觉得自己的眼神重新变得平和而坚定，才再次回到餐厅。

女仆端来了晚饭。这个夜晚和所有其他夜晚一样，也许比平时更少言寡语，却多了一些束手束脚，这个夜晚的对话贫乏、令人疲惫，常常是磕磕绊绊的。她的思绪不断地飘飞到老路上去，每当回想起和那个敲诈勒索的女人相见的可怕时刻，她的思绪就被吓成了一团乱麻。然后，她总是在抬起目光时，才感觉自己有了安全感，开始柔情蜜意地逐一凝望富有生命气息的物品，每件物品都是为了回忆和纪念才摆放在房间里的，她的内心又恢复了往日的轻松和镇静。挂钟从容不迫地迈着钢铁般坚强的步伐打破沉默，也在不知不觉中使她的心跳重新恢复了安然无忧的均匀节奏。

第二天早上，丈夫去事务所上班了，孩子们到外面散步去了，她终于有了一个人独处的时光。在上午明媚的阳光之下，经过仔细回想，她对昨天可怕的一幕的恐惧感已经大为减弱。伊蕾娜首先想到，自己的面纱很厚，那个女人不可能看清或者重新认出她的脸部特征。她此刻在平心静气地考虑采取所有的预防措施。无论如何，她不应该再到情人家里去了，这样也许才最有可能防止发生昨天那种突然袭击。尽管和那个女人再次偶遇的危险依然存在，但这种概率还是微乎其微的，因为自己当时溜进了汽车里，她不可能一直跟踪自己。那个女人并不清楚她的姓名，不清楚她家在哪里，另外也不用担心那人会根据模糊不清的脸部特征，就可以很有把握地重新认出自己来。不过，就算遇到这种最为极端的情况，伊蕾娜也已经作好了思想准备。没有了极端恐惧之后，她决定务必保持镇静，什么都不承认，冷静地坚称这完全是一场误会，因为除了向她敲诈的那个女人当场指责过她之外，谁也难以提供那次幽会的任何证据。伊蕾娜毕竟是京城最著名的辩护律师的太太，她从丈夫和其律师同行的谈话中知道得很清楚，被迫害者一方的任何犹豫不决、骚动不安都只会提升对手的优势，令敲诈勒索变本加厉，不但行动迅捷，而且残忍至极。

她采取的第一个对策，就是赶紧给情人写信，告诉他明天无法按照约定的时间去约会了，以后几天也不行。在通读信件的时候，她觉得这张她第一次用伪装的笔迹写成的便条有一种冷冰冰的感觉，她本想将不亲切的语句换成亲密一些的话，可一想起昨天不愉快的会面，心里突然间暗生怒火，字里行间也就不自觉地变得冰冷起来。她痛心地发现，情人的宠爱只不过把她变成了一个下贱、有失身份的前女友，她的骄傲受到了伤害。她心怀敌意地审视着那些话，对自己这种冷冰冰的报复方式不觉有些得意，现在，去不去约会，完全取决于她的心情好坏。

这个年轻人，一个有名的钢琴家，伊蕾娜是在一次晚会上和他偶然相识的。当然，这种聚会仅限于很小的范围，可连她本人都没好好想过，甚至也没弄明白怎么回事，就很快成了他的情人。实际上，她对他没有产生过任何激情，而他对她也没有产生过任何感官或者任何精神方面的兴趣。她委身于他，并不是需要他或是对他产生了强烈的渴望，而是因为懒得对抗他的意志，因为一种不安分的好奇心。在她心里没有任何理由使她感到需要一个情人，既不会是她由于婚姻幸福而完全心满意足的本性，也不会是那种女人们身上常见的慢慢失去精神乐趣后的心情。她可称得上是幸福十足的女人，丈夫是有钱人，才智方面比她更胜一筹，家里有两个孩子，她拥有着舒适而宁静的小康生活，日子过得懒散而满足。当然，无精打采的气氛总是会有的，这种气氛和闷热或风暴同样感性，它是一种四平八稳的幸福状态，却要比不幸更具刺激性，而且对许多女人而言，无欲无求就像由于绝望而欲望长期得不到满足一样有着致命的危险。饱汉不见得比饿汉强，舒适安逸的生活反倒使她对风流韵事产生了好奇。她的生活中没有任何地方遇到过阻力。她处处遇到的都是柔情蜜意的一面，展示在她面前的都是关怀备至、温情脉脉、温柔的爱情和家人对她的尊重，她没有料到这种适度的生活是永远无法用外物去衡量的，因为外物反映的始终仅仅是没有内在联系的东西，从某个角度看，她觉得这种舒适惬意欺骗了她的真正生活。

她在少女时代曾经朦朦胧胧地梦想过伟大的爱情和销魂的情感，但被新婚开始几年愉快而宁静的生活和初为人母的游戏般的诱惑所麻痹,在快步入三十岁的时候她的梦想又开始苏醒了。像每一个女人一样,她赋予自己的内心一种巨大激情的能力,却并没有同时给决意体验以勇气,这种勇气就是甘愿为风流韵事付出舍生忘死的代价。就在她感到无法为自己称心如意的生活增光添彩时,这个年轻人毫不掩饰地渴望和她亲近,带着浪漫的艺术气息走进了她的小天地,在她曾经的小天地里,男人们通常只是开些不痛不痒的玩笑,玩些打情骂俏的游戏,毕恭毕敬地称她为"美丽的太太",从不曾正儿八经地把她看成女人,因此从她的少女时代至今,她内心深处第一次体验到了那种激动。也许,除了他脸上太过引人注目的哀愁的阴影之外,他的身上没有任何吸引她的气质,就连这层阴影她也难以分辨清楚,因为正如他精湛的琴艺一样,那黯然神伤的沉思默想实际上也是一种训练有素的东西,他在这种沉思默想中进行早已预习好了的即兴演奏。对她这样一个习惯了生活无忧的人来说,这种忧伤意味着一种更高层次的世界,这种五彩缤纷的世界她曾在书本中、在剧本中欣赏过,充满浪漫色彩，于是为了看个究竟，她在不经意间跨越了日常情感的界限。当时，她被他的琴艺倾倒，发出了喝彩声，这声喝彩明显比礼貌性的表示要更为热情。他从钢琴上方抬起头瞥了她一眼，而这一眼恰好抓住了她的芳心。她被震慑住了，同时又感觉到了一种神秘的快感，在之后的谈话中，一切似乎都被这秘密的情火照亮、烧热。这次谈话大大激发了她强烈的好奇心，于是在一次公开的音乐会上，她又一次和他相见了。后来他们见面的次数更为频繁，不久就不需要依靠偶然相遇的机会了。尽管迄今为止她对音乐并没有多少令人惊叹的判断能力，也完全有理由拒绝给自己的艺术鉴赏力以任何意义，但他一再向她保证说，作为一位真正艺术家的知音和顾问，她对他至关重要，就是这样一份虚荣心，使她在几周之后贸然答应了他的提议，他说希望在自己家里为她，并且只为她一个人演奏他最新的作品。这个承诺也许只是他半真半假的想法吧，但那天一开始便是拥抱接吻，最后却以她献身了事，连她自己都大感意外。她的第一感觉就是对这种猝然转向肉体的行为感到害怕，这种由蒙上了神秘色彩的关系引起的令人不解的战栗突然消失了，而那种由并非出于故意的通奸引发的负罪感，因为刺激的虚荣心，也因为第一次决意拒绝回到自己生活的中产阶级世界，让她感到稍微缓解了一些。刚开始的几天，她害怕自己的丑行暴露，曾为此感到惊慌失措，现在她的虚荣心使这种恐惧变成了志得意满。但这种神秘的兴奋只在最初的瞬间充满着紧张不安。她的本能在悄悄地抗拒着这个人，最抗拒的是他内心的新东西，实际上正是这种另类的东西曾经吸引着她的好奇心。他奇装异服的打扮，像流浪的吉普赛人那样的家，经济状况永远在奢侈和窘迫之间摇摆不定没有规律，就她的小资感觉而言，她对这些是很反感的。和绝大多数女人一样，她将艺术家想象得太过浪漫，他和人交往时彬彬有礼，像一只野兽那样闪闪发光，但必须被关押在文明的藩篱后面。在他演奏时曾经令她心神荡漾的激情，却在和他身体亲近后变得令人不安了，其实她不喜欢这种遽然而来的又是居高临下的拥抱方式，这样的拥抱自私自利、无所顾忌，而她丈夫的拥抱在多年以后依然显露出羞羞答答、爱慕有加的激情，她不自觉地对这两个人加以比较。但现在，一旦对丈夫不忠之后，她便一而再、再而三地到他那里去，自己既不感到幸福，也不感到失望，仅仅是出于某种责任感和习以为常的惰性。她这样的女人，在轻浮的女人甚至妓女中间并不少见，但她内心的市民习性却是根深蒂固的，因此她会将秩序带到通奸关系中，将勤俭持家带到放荡不羁的生活中，试图戴着耐心的面具将最为稀奇古怪的情感混入日常生活中。不到几个星期，她就让这个年轻人、她的情人在某些细节方面适应了她的生活习惯，就像对待自己的公婆一样，她规定和他一周见一次面，但自己并没有因为有了这种新的关系而放弃自己原有的生活秩序，而仅仅是从某种程度上为自己的生活增添了某种色彩而已。她的情人很快就成了她生活中一台舒适的机器，为她不咸不淡的幸福生活添些佐料，就像是她的第三个孩子或者是一辆汽车，不久之后，她便觉得这段艳遇变得与合情合理的享受一样平淡无奇了。

现在，由于她得为这段艳遇付出真正的代价——风险，她便第一次开始小家子气地考虑是否值得自己这么去做了。由于得到命运的眷顾,她自幼娇生惯养,家境殷实而无求无欲,所以第一次碰到这样的不快就觉得忍无可忍了。她马上拒绝让自己无忧无虑的内心世界做出任何牺牲,并且为了满足自由自在的生活,愿意毫不犹豫地放弃情人。

情人的回信在下午的时候就由邮差送到了,他显然被吓坏了,字里行间紧张不安,畏畏缩缩。整封信他都是在精神恍惚地恳求、悲叹和埋怨,使她对结束这段风流韵事的决定重新变得迟疑不决起来,因为她的虚荣心得到了满足,她被他的绝望透顶所陶醉。她的情人以最迫切的语言请求至少马上和她见上一面,倘若在不知情的情况下真的在什么地方伤害了她的话,那么最起码他能够弄清楚自己罪在何处。现在,这种新的游戏引诱她继续和他对着干,并且通过毫无来由的拒绝让他为自己付出更为昂贵的代价。她发觉自己眼下正处在兴奋之中,而且让她感到很舒服的是,她被狂热的激情所包围,而自己却并没有燃起这种激情,这一点她和所有内心冷漠的人一样。于是她约情人到一家突然想起来的咖啡馆会面。这家咖啡馆,她还是女孩子的时候曾经和一位演员在那里有过一次幽会。不过她现在觉得那次见面很幼稚可笑,那位演员看似对她毕恭毕敬,却又那么毫不在乎。真是奇怪,她在心里笑着对自己说,这种浪漫的事儿在她婚后多年早已像花儿一样枯萎,现在却又在她的生活中开始重新盛开。她几乎对昨天和那个女人令人扫兴的不期而遇感到一种内心的喜悦了。她从中重新体会到了一种久违的感觉,它是如此强烈、如此刺激,她那平时很容易放松下来的神经又悄悄地震颤起来了。

这一次,她穿了一件并不显眼的黑色连衣裙,戴了另一顶帽子,以防被那个女人认出来。为了不让人看清她的容貌,她把面纱也准备好了,但固执的念头突然涌上心头,便将那面纱弃在了一旁。难道因为害怕某个自己根本不认识的女人,她这个受人尊敬、享有好名声的太太竟然就不敢出门上街了吗?而在害怕危险之外,她的心中还交织着一种奇特而诱人的刺激感,一种做好战斗准备、因危险而感到震颤的兴奋,这种兴奋就如手指触摸到了一把匕首的利刃，或是眼睛瞅见了一把左轮手枪的枪口，而在那黑色枪膛里装满了置人于死地的子弹。在这场艳遇的惊恐中，她原本舒适安全的生活重新向某种与平常不一样的东西渐渐靠拢，就像一种游戏在诱惑着她，它就像一起轰动事件，此刻正绝妙地绷紧她的神经，像电火花一样闪耀着穿过她的血液。

一闪而过的恐惧感只在她走上街头的一刹那掠过她的心头。这就好比在投身整个波涛之前，首先试探性地将脚尖伸入水中，就会感觉到自己因为寒冷而神经质地打战一样。但这种寒战从她身上倏忽而过，一种奇特的人生乐趣随后突然在她的心中定格，那是一种大步流星向前走的欲望，如此无忧无虑、轻快有力，她的步履之急切、高雅是她之前从没有过的。那家咖啡馆离得很近，她甚至都觉得有点遗憾了，因为此刻有某种力量驱使她富有节奏感地继续向前，吸引她走进那神秘而魅力无穷的冒险活动中。虽然她规定的这次见面时间很突然，但是她心里还是有一种很不错的预感，相信她的情人应该早在那儿等着了。果不其然，她进入店堂时，他正在一个角落里恭候她，一看到她，马上激动地从座位上跳起来，此情此景让她既感到舒心，又感到不快。她不得不提醒他小点声，由于内心混乱、情绪激动，他连珠炮般急切地向她发问、指责。她对自己不去赴约的真正原因，却不给他任何暗示，只是玩弄些隐晦的语句，她的这种暧昧态度使他愈发怒气冲冲了。虽然这一次她并没有答应他的愿望，可还是对先前的决定开始犹疑起来，因为她感觉到这种令人费解又出人意料的逃避和拒绝令他有多愤怒。半小时紧张的谈话之后，她和他分手，对他并没有一丁点儿含情脉脉的表示或者哪怕一丁点儿的暗示，但她的内心却有一种奇特的情感在燃烧，那是她做小姑娘时才有过的情感。她觉得仿佛有一道令人兴奋的小小火焰在内心深处闪烁，只消一阵风吹来便可燃成熊熊大火，吞没她的全身。她急促地迈着大步向前走，注意着从小巷里向她射来的每一道目光，她没有料到自己竟然成功地吸引了那么多男人的眼球，这勾起了她那强烈的好奇心，希望目睹一下自己的容颜，于是她突然在一家花店橱窗的镜子前停住脚步，好在被红玫瑰和带着晶莹露珠的紫罗兰包围的镜框里见识一下自己的芳容。她闪闪发光的眼神注视着自己，那么轻松愉快、年轻貌美，一张性感的半开半合的嘴唇正对着自己心满意足地微笑着，她感觉此刻迈步向前的时候，四肢仿佛生了鸟儿的翅膀，快要飞起来了。她的身体因为渴望摆脱羁绊，渴望跳舞，渴望心醉神迷而打破了步履中原有的从容节奏。而现在，她正从圣米歇尔教堂匆匆走过，听到那里传来的钟声，那是在召唤她回家，回到熙来攘往、井然有序的世界，这使她反倒有点不乐意起来了。从少女时代开始，她还从未有过如此轻松愉快的感觉，全身的感官从未如此富有生机，无论是婚后的最初日子，还是与情人的拥抱，都不曾有过一丝火星闪过她的身体，现在要将所有这些难得一见的无牵无挂，这种身体内如痴如醉的甜蜜情怀消耗在限定的时间里，这一点让她觉得实在无法接受。她费尽心力向前走去。走到家门口，她又一次犹疑地站住不动了。她想再一次敞开胸怀深吸一口火热的气息，回味一下那令人心旌摇动的时刻，将这次爱情冒险中渐渐平息的最后波涛压在内心深处。

就在这时,有人碰了一下她的肩。她冷不防转过身。"你……你究竟还想干什么?"她突然看到了那张丑陋不堪的脸,惊慌失措地支支吾吾道。当听到自己说出这句致命的话时,她更加感到心惊肉跳了。她原本打算好了,若是再见到这个女人,应该装作不认识她,否认所有的一切,当面质问这个敲诈勒索的女人……可现在一切为时已晚。

"我在这里恭候您半个小时了,瓦格纳夫人。"

听到这个女人叫自己的名字,伊蕾娜不禁吓了一跳。原来这个人知道她的名字,知道她的住所。现在一切都完了,她已经无计可施,只能任人摆布了。她想说一些经过了精心准备和筹划的话,可是舌头不听使唤,无力蹦出一个字来。

"我已经恭候您半个小时了,瓦格纳夫人。"

这个人咄咄逼人地又重复了一遍,像是在责备她似的。

"你想干什么……你究竟还想从我这里得到什么……"

"您知道的,瓦格纳夫人,"伊蕾娜听到她再次称呼自己的名字,又是吓了一跳,"您知道得很清楚，我为什么要来。"

"我从来没有见过他……你现在就让我……我永远不会再见他……永远不……"

这个人悠闲自得地等待着，直至伊蕾娜激动得无法说下去，才像对自己的下属一样粗暴地说道：

"你别撒谎了！我一直跟踪你到咖啡馆。"看到伊蕾娜朝后退缩，她还嘲弄地补充道，"我又没有什么事情可做。他们把我辞退了，说是没有那么多工作，碰上了萧条时期。你瞧，这就需要利用一些机会了，所以我们这种人也会到外面散散步……和那些体面规矩的女人一模一样。"

她说话时带着一种充满恶意和冷酷的语气，这刺痛了伊蕾娜的心。面对这种卑鄙无耻、冷酷无情的行径，伊蕾娜感觉自己毫无抵抗能力，恐惧让她越来越忐忑不安，这个人有可能再一次开始大声嚷嚷，也可能她的丈夫会恰好路过，那么一切都将完蛋了。她急忙将手伸进皮手筒，拽开银色的钱包，掏出所有的钱抓在手里，带着厌恶的神态碰了一下那女人的手，只见那女人慢悠悠地在十拿九稳的期待中，厚颜无耻地伸手接过她手中的猎物。

可这一次，那只无耻的手触到钱，并没有像上次那样顺从地放下来，而是僵硬不动地悬浮在空中，像一只利爪一样张开着。

"你干脆把那只钱包也给我吧，我就不会把钱弄丢了！"她噘着嘴讥讽地说道，伴随着"咯咯"的轻笑声。

伊蕾娜看着她的眼睛，但只是瞥了一眼。这种厚颜无耻、卑鄙下流的冷嘲热讽真是让人受不了。她感觉到一阵恶心，仿佛钻心的疼痛穿过她的整个身体。唯有离开，离开，只要再也别见到这张脸就行！她以回避的姿态，动作迅猛地将那只价值不菲的钱包塞给她，然后惊恐万状地跑上楼梯。

她的丈夫还没回家，她一屁股倒在沙发上，一动不动地躺在那里，活像被一把锤子击中了一样，只觉得一种猛烈的抽搐跳动着穿过手指，渐渐转移到胳膊，最后传到了肩膀上，但身体中没有任何东西愿意抵抗这突如其来的恐怖爆发出的威力。直到听到丈夫从外面回来的声音，她才强打起精神来，动作机械，神思恍惚，拖着脚步走进了另一个房间。

现在，恐惧在她的家里扎下了根，无法从房间里赶走它了。在许多空虚的时光里，那次相遇的种种可怕画面像波涛似的一浪接一浪地重新冲进她的记忆里，她心知肚明，自己的处境已经毫无指望了。她不明白这一切是如何发生的，那个人居然知道她的名字、她的住处。既然前面两次能轻易得手，那么无疑地，她一定不惜动用一切手段，利用自己知情人的身份没完没了地敲诈下去。这女人一定会像高山一样，压在她的人生之路上许多年，让她无法摆脱，任凭如何努力都将无济于事、绝望透顶，因为尽管她现在富有，是一个阔太太，可还是无法瞒着丈夫弄到一大笔钱。有了这笔钱，她才能永远摆脱这个人。而且此外，她从丈夫偶尔的叙述和各种诉讼中了解到，那些老奸巨猾、不知廉耻的家伙的合同和诺言全都一文不值。她计算了一下，一个月，或者也许两个月，她还可以躲避灾难，而以后她那人工建造的幸福家庭必将坍塌。稍稍令她宽慰的是，她有把握将这个敲诈勒索的女人一同拖进这万劫不复的深渊。因为和她这种已经没有了平静的生活、而这样的生活现在又是她唯一可能的生活相比，让那个无疑很放荡的、或许早该受到惩罚的女人去坐六个月大牢又算得了什么？自己丧失了名誉，有了污点，不得不开始一种新的生活，她觉得难以想象。在此之前，她的生活都是别人带给她的，她压根儿就没有掌控过自己的命运。可后来她又想到，她的孩子在这里，她的丈夫，她的家，所有这些东西，只有到了此时此刻，当她快要失去之时，她才感觉到其实它们早已成了她内在生活的一部分——核心部分。所有这一切她先前只要穿着一件裸露的衣服就可以获得，她突然觉得这样的日子真是弥足珍贵。有时候，她觉得匪夷所思，真的像梦一样不真实：一个陌生的流浪女人不知道潜伏在大街上的哪个地方，竟然有权用一句话便能将一个温情脉脉的大家庭拆散。

现在她明白无误地感觉到灾难是不可避免的，逃脱也是不可能的。可是会发生……会发生什么呢？她从早到晚都在想着这个问题。总有一天，一封信将抵达她丈夫的手上，她会看到他走进来，脸色苍白，眼神黯淡，一把抓住她的胳膊，质问她……那然后呢……然后会发生什么呢？他会做什么？在迷惘而残酷的恐惧的黑暗中，画面突然在这里消失了。她不知道后面的结局，她的猜测在头晕眼花之中坠入无底的深渊。然而，尽管在苦思冥想中，有一点她也已经可怕地意识到了，那就是事实上她太不了解自己的丈夫了，事先对他会做什么决定考虑得太少了。她是遵从父母之命和他结婚的，当初并没有任何不从的意思，经过这么多年，对他挺有好感，始终没有感到失望，到今天已经在他身边幸福甜美地生活了八个年头，为他生养了两个孩子，有了一个家，还有两个人无以数计的肉体相互温存的时刻。但是现在，当她问起自己他会采取怎样的态度时，她才明白过来，他在她眼里完完全全是一个陌生人。她发疯似的回忆着，用幽灵一般的探照灯去搜索近几年的生活，她发现自己从未探究过他真正的本性，多年以后也不知道他这个人究竟是一个冷酷无情的人，还是一个好说话的人；是一个严厉的人，还是一个温柔的人。她从这种必须严肃对待的生存恐惧中醒来，怀着一种迟来的灾难临头的负罪感，不得不承认自己了解到的仅仅是他本质中那流于表面的社会阶层,却未曾了解其内在的本质,而只有从他内在的本质中,她才可以探究出他在这种悲剧性的时刻究竟会做出怎样的决定。她不由自主地开始研究起那些细枝末节和暗示性的东西,开始思考假如碰到类似问题,他将在谈话时做出怎样的判断。可令她大感惊讶的是,她发现他几乎从未对她表达过个人的观点,不过从另一方面看,她也从来没有提出过类似反映内心生活的问题来向他求教。现在她才开始从能够揭示其性格的个别特征中猜测他的整个人生。此刻,她正满怀恐惧地拿起那把胆怯的锤子,敲击着每一个细小的回忆,寻找通往他心灵密室的入口。

现在她开始窥探他发表的每一个最细微的意见,心急如焚地期待他的到来。他几乎从不面对面地表达问候,但从他的手势看,比如他吻她的手或者用手指抚摩她的头发,她感觉到那种含情脉脉的存在,尽管她羞羞答答地害怕那些狂热的表情,但这种含情脉脉应该表示他内心深处是喜欢她的吧。他和她说话时总是从容不迫,永远不会烦躁不安或是兴奋激动,他的整个行为举止显出镇静而友善,可这和他对待仆人时的镇静和友善几无区别，这就让她有点惴惴不安、妄加猜测了。而和他对待孩子的态度相比，那种举止显然更加算不得什么了，孩子们到了他那里，他始终表现得很活跃，时而轻松愉快，时而热情澎湃。他今天又不厌其烦地询问家里的各种琐事，似乎是给她机会在他面前陈述她的兴趣，但却把他自己的兴趣隐藏了起来。现在，通过对他的观察，她第一次发现，他对她是多么体贴入微，努力以克制的方式适应她的日常谈话，她突然惊骇地认识到，那些善意的谈话其实是多么枯燥无味。他在言辞方面没有透露任何心声，这使她那一颗渴望获得宁静的、好奇的心不免感到失望。

因为从他的话音里无法获取他的秘密，所以她只好研究起他的脸部表情来。此刻他坐在靠背椅上看书，他的周围被耀眼的灯光照亮了。她朝他的脸凝神望去，仿佛在看一张陌生的面孔，她试图从既熟悉又突然变得陌生的面部表情中发现他的性格特征，长达八年不痛不痒的夫妻生活将他的这种性格特征藏匿起来了。他的额头明亮如昼、气宇轩昂，使他具有了一种内心强大的精神力量，但他的嘴唇却棱角分明,没有任何顺从屈就的意思。一切都表现出他强有力的男子汉气概特征,精神抖擞,活力四射。她感到惊讶的是,她从他的脸上发现了一种俊美,她怀着某种赞赏的态度观察那种尽力抑制着的严肃神情,对他本质中的这种明显居高临下的姿态,她之前仅仅简单地将其解读为不苟言笑,但和社交时的滔滔不绝相比,她更喜欢这种些许的木讷寡言。而那双眼睛呢,想必能够隐藏他真正的秘密,始终下垂着注视书本,不让她看个明白。于是,她只好一直以探询的目光凝视他的侧影,仿佛那一起一伏的线条代表一句话,要么宽恕你的罪孽,要么罚你下地狱。这张脸的轮廓很陌生,它的冷酷令她大为惊骇,但它的坚毅让她第一次意识到一种引人注目的俊美。她猛然感觉到自己喜欢看着他,充满乐趣,并以此为豪。在这种感觉清醒的时候,好像有什么东西在拽着她的胸口,让她感到很痛苦,这是一种沉闷阴郁的感觉,遗憾错过了某些东西,也差不多是一种感官方面的紧张不安,她永远难以想象从他的肉体方面能得到类似强烈的感受。这时,他突然从书本中抬起头来望了望。她急忙转过身去，重新退回到深邃的黑暗中，不让他从她的眼神中看出那个迫切的疑问，以免激起他的怀疑。

她已经有三天没离开自己的家了。她不快地发觉，自己这样突然大门不出，二门不迈，早已引起了他人的注意，因为通常而言，她很少接连几个小时或是几天待在家里。她天生不是一个很会当家的人，经济上的宽裕使她摆脱了对家庭境况的任何后顾之忧，因为整天在家感觉无聊，这个家无异于成了她来去匆匆的休憩地，而大街、剧院、有着各种各样聚会并且能够了解外部世界变化的社交协会，成了她最喜欢逗留的场所，因为那里的享受并不需要做出任何内心的努力，在遇到懵懵懂懂的情感时，所有的感官将会觉察到这种多种多样的刺激。就伊蕾娜的思维方式看，她无疑属于维也纳有产阶层中优雅集团里的一分子，根据一种不成文的秘密约定，他们全部的日程安排似乎就在于，这个看不见摸不着的组织的每一个成员，要在同样的时刻，怀着同样的兴趣，马不停蹄地彼此相聚在一起，并且把这个永远经得起对比的观察和会面逐渐升格为他们人生的意义。一旦一个人只依靠自己，喜欢孤独地生活，那么这样一种习惯于懒散的公共生活将失去任何支撑，如果微不足道然而必不可少的感觉没有了熟悉的养料，所有感官将会起来造反，而独处将会骤变成神经质的自我敌视。她会没完没了地感觉时间压在自己的身上，没有了自己习惯的使命，消逝的时间失去了任何意义。宛若自己置身于高墙之内，闲散无事、兴奋不安，她就在自己的房间里来回踱步。大街、世界，那是她真正的生活，却不准她进入，那个敲诈勒索的女人却像个天使，带着一把闪闪发光的利剑，气焰嚣张地站在那里。

伊蕾娜的两个孩子最先注意到她的变化，尤其是年龄稍大一些的男孩，看到妈妈老是在房间里待着，不免露出一副天真惊讶的神情。仆人们也总是在窃窃私语，和那位家庭女教师一起交换彼此的种种猜测。她竭力寻找各种各样的、部分是碰巧想到的非做不可的事来做，以说明她出人意料地待在家里是有正当理由的。可一切只是枉然，恰恰是这种人为编造的解释暴露了她的秘密。那么多年对家务事不闻不问，她在原本属于自己的工作范围内成了一个毫无用处的人。凡是她想亲力而为的地方，总是会碰到外人的阻挠，他们将她突兀的尝试视为违反常规的自以为是而加以拒绝。所有的空间都被人占领了，她本人因为不习惯而成了自己家庭组织里的异物。于是她不知道该如何打发自己，打发自己的时间，连和孩子们亲近，她也失败了，他们对她一时心血来潮的新管教方式表示怀疑。有一次，她试图看管他们，七岁的儿子竟然无礼地问她为什么最近不再外出散步，害得她羞愧得面红耳赤。她在哪儿帮忙，哪儿的秩序就会被打乱，她对哪儿产生兴趣，她就会对哪儿产生怀疑。可是她又缺乏那种技巧，无法采用明智而克制的方法让人注意不到她老是不出家门，也不能平心静气地待在房间里看看书、做做家务。内心的恐惧，不停地把她从一个房间驱赶到另一个房间，它就像任何一个强烈的感觉一样，在她身上变成了神经质的东西。只要听到电话铃声或者门铃声，她马上会吓作一团，然后突然发觉自己总是一再躲藏在窗帘后面向大街窥望，如饥似渴地望着行人或者至少瞅一下他们的外貌，她向往着自由的日子，可内心总是满怀恐惧，害怕从路过的众多脸中突然看到那张脸，那张脸已经跟踪到她的梦里去了。她感觉到自己宁静甜美的生活顷刻间化为乌有，她在有气无力中预料到，随之而来的将是一种完全毁灭的人生。她感到这三天蹲在这房间的高墙内，比她八年婚姻还要漫长。

可在第三天晚上，她接受了数周以来的第一次邀请，和丈夫一起参加聚会，现在，倘若无法说明充分的理由，她是不可能再突然拒绝他的邀请了。再说，这些看不见的恐怖的栅栏，如今已在她的生活周围筑起，总有一天必须砸断，她才不至于毁灭。她需要和人相处，需要几小时休息时间，摆脱自己，摆脱恐惧带来的自杀式的孤独寂寞。那么，还有什么比和朋友们一起待在陌生的房间里更安全的呢？还有什么比摆脱这种潜伏在她经常经过的路途中的无形跟踪更可靠的呢？她离开家门，那是她和那个女人最近相遇之后第一次重新触摸大街，很可能那个女人就在哪个地方暗中守候着呢，她的内心只是颤抖了一瞬间，短短的一瞬间。她情不自禁地抓住丈夫的胳膊，闭上双眼，迅疾走了几步路，从人行道一直奔向一辆等候着的汽车那里,而当她安全地依偎在丈夫的一侧,汽车"呼"的一声穿越夜晚孤寂的大街时,她心中的一块巨石才算落了地。当她迈着脚步踏上陌生人家的楼梯,她才知道自己总算平安无事了。现在,她可以像以往一样度过几个小时,逍遥自在,快乐无比。从监狱的高墙里重新回到阳光普照的人间,这种喜悦之情愈发清晰。这里是抗击任何跟踪的堡垒,憎恨是进不来的,这里只有喜欢她、尊重她和敬仰她的人,都是些打扮光鲜、没有任何心怀恶意的人,他们的周围被无忧无虑的微红色火焰映射得闪烁不停,那是一种令人陶醉的轮舞,今天它终于重新拥抱她了。因为她一进来,立刻从其他人的目光中感觉到自己很美,她也因为这种长时间缺乏的有意识的感觉而变得更美了。之前她始终感觉有一把想象的锋利犁刀,徒劳无益地在她的脑子里耕了个遍,弄得她内心的一切伤痕累累、痛苦万分,现在,在经过多日的沉默之后,那是多么叫人愉快啊,能够重新听到那些恭维谄媚的话,就像一股电流活生生地传至她的皮肤,再流入她的血液,那是多么叫人舒心啊。

她出神地待在那里，有种东西在她的胸间不安地颤动，想要跳出来。她突然明白过来，那是一种笑声，在被禁锢多时之后，现在终于要释放出来了。仿佛是香槟酒瓶口上的一只软木塞，"砰"的一声蹦了出来，随即发出一阵低沉的咕噜声似的，她不停地放声大笑，有时对自己放荡不羁的忘乎所以都有点难为情了，但马上又会纵情大笑起来。她放松的神经在放电，全身所有的感官都活跃起来，健康而兴奋，好多天以来第一次感觉自己真的饿了，她又开始重新享受起美食来，像一个渴极的人一样拼命畅饮。

她渴望和人相聚，干枯的心灵渴望从各种生命气息和享乐中汲取养料。隔壁房间的音乐把她吸引住了，钻入她火热的皮肤深处。舞会开始了，她还没弄明白是怎么回事，便一头扎进熙熙攘攘的人群中。在她的一生中，她还从未这么跳过舞。在舞池中间不停地旋转，将身上的重负全部抛到九霄云外。富有节奏的音乐不断刺激着她的四肢，使她的身体充满火一样的活力。音乐一停止，她便会痛苦地感觉到那种沉默，好像有一条不安生的蛇从她颤抖的四肢不停地向上蹿动,然后就像在凉快的游泳池水中让人平静一样,她又重新跳入旋转不停的舞池中。往常,她始终只是一个不显山露水的舞伴,一招一式太从容不迫,太镇定自若,太冷酷无情,太小心谨慎,可这一次,无拘无束的欣喜消除了身上的所有顾虑。一条象征羞耻和镇静的铁丝带,原本可以将最疯狂的激情聚集成一种形式,此刻从中间裂开了,她感觉自己被融化了,毫无理由,完完全全,快乐至极。她感觉自己周围被无数双手臂和无数双手紧紧搂抱住,相碰在一起,又悄然离开。她感觉到人们说话时的呼吸声、爆发出来的爽朗笑声,还有她血液里面颤动的音乐声。她整个身体充满渴望,好似身上的衣服在燃烧。她真想在不知不觉中将全部衣服扯下来,好让自己不加任何掩饰地、更深切地体会到这种欣喜若狂。

"伊蕾娜,你怎么了?"她踉踉跄跄地转过身去,眼里依然带着笑意,神情依然像被舞伴搂抱时那样热烈。就在这时,丈夫讶异而呆滞的目光正冷酷无情地刺向她的心脏。她大吃一惊。难道是她太疯狂了吗?难道是她的狂热将她的什么东西暴露出来了吗?

"什么……你说什么,弗里茨?"她支支吾吾地问道,因为突然碰到他的目光而令她大感意外,这种目光似乎越来越深地射进她的心中,她现在分明完全能从内心深处感觉得到。看见从这双眼睛中透露出他翻箱倒柜式的果断坚决,她真想大吼一声。

"这可真稀奇啊。"他终于喃喃说道。他的话音里含着隐隐约约的惊奇。她不敢问他究竟是什么意思。但现在,他默不作声地转身离开,她看到他宽大坚挺的肩膀有力地堆积起来,变成了一个顽强不屈的脖颈儿,她的四肢禁不住打了个寒战。仿佛遇到了一个杀人凶手,那个寒战在她的脑子里一闪而过,只是一眨眼的工夫,马上又毫无影踪了。此刻,她仿佛第一次看到他,看到自己的丈夫,她感觉到那种惊恐万状,原来他是如此强大而危险。

音乐再度响起。有一位先生向她走来,她只是机械地拉住他的手臂。可现在一切变得艰难起来,连欢快的旋律也无法抬起她那僵硬的身躯了。一种阴郁的重负从她的心脏落到了她的脚上,每跨出一步都让她感到痛苦。她只好请求舞伴能够让她稍事休息。往回走时,她不禁朝四下里张望,看看丈夫是否就在附近。她果真吓了一跳,因为丈夫就站在她身后的地方,仿佛在等着她,他又是用那种赤裸裸的目光盯着她看。他想干什么?难道他知道了什么事吗?她不由得提起自己的上衣,好像是要保护自己裸露的乳房不受他侵犯似的。他的沉默很顽固,一如他的目光。

"我们走吗?"她胆怯地问道。

"好。"他的声音听起来生硬而无情。他走在前面。她又看到了他盛气凌人的宽大脖颈儿。有人帮她披上皮大衣,可她还是觉得冷。他们并排坐在车里,彼此没有出声。她一句话也不敢说。她迷迷糊糊地感觉到一种新的危险。现在她要受到两面夹攻了。

这天夜里,她做了一个令人窒息的梦。一种陌生的音乐响起来,大厅高耸而明亮,她走进去,各种各样的人和五彩缤纷的色彩同她的各种动作交织在一起。这时有一个男青年挤到她跟前,她觉得认识他,但又不能完全猜出是谁,他抓住她的胳膊,便和她跳起舞来。她感觉很舒服，很温馨，一种无与伦比的波涛般的音乐将她举了起来，她再也感觉不到大地的存在，于是他们跳着舞穿越了许许多多的大厅。在那些大厅里，金色灯架挂得很高，仿佛天上闪烁的星星发出微弱的火星，墙和墙紧挨着的许多面镜子向她投来微笑，然后在没完没了的反射中重新将微笑投向远方。舞会越来越热烈奔放，音乐也越来越火烧火燎。她注意到那小青年和她贴得更紧了，他的手埋在她裸露的胳膊下，她因为悲喜交集而叹息着，此刻，他们终于四目相对，她才觉得认出他来了。她想起他就是那个演员，自己还是小姑娘的时候曾经狂热地暗恋过他。她正想幸福地说出他的名字来，他却用一次狂吻堵住了她轻轻的呼唤。就这样，两张嘴合在了一起，两具身体相互燃烧变成了一具身体，他们像是被一阵风幸福地扛着一样飞过那些大厅。那一堵堵墙像流水一样流走，她已经感觉不到那天花板在漂浮，她感觉这样的时刻有着说不出的轻松，整个四肢仿佛挣脱了锁链。就在这时，有个人突然碰了一下她的肩膀。她停住脚步，音乐随之戛然而止，灯光也熄灭了，那一堵堵黑魆魆的墙拼命挤过来，她的舞伴也不见了踪影。"把他还给我，你这个小偷！"那个面目可憎的女人大吼道，吼叫的声音如此之大，墙壁随之发出尖锐刺耳的回响，然后那女人冰冷的手指夹住她的手关节不放。她奋力抵抗，听到自己在吼叫，那是一种惊恐的叫喊声，既抓狂又刺耳，于是两个人开始扭作一团，但那个女人更厉害，扯下了她戴在脖子上的珍珠项链，同时把她的连衣裙撕下了一半，她的乳房和胳膊全都暴露在撕破的衣衫外面了。忽然，那些人又回来了，随着嘈杂声越来越吵，他们纷纷从各个大厅蜂拥而入，目瞪口呆地盯着她们看，脸上满含嘲讽，她们俩一个半裸着身子，另一个在发出尖叫："她抢我的男人，这个通奸的女人，这个妓女。"她不知道自己该往哪儿躲，眼神该往哪儿转，因为这些人越走越近，那一张张鬼脸充满好奇，发出大呼小叫，盯着她的裸露处看。此刻，她游移不定的眼神急于寻找脱身的地方，却突然看见丈夫一动不动地站在昏暗的门框内，右手藏在背后。她大吼了一声，为了从他的视线里走开，跑过了好几个大厅，目光贪婪的人群在她身后推推搡搡，她感觉自己的衣服越来越向下滑去，几乎拉都拉不过来了。这时，只听见"砰"的一声，一扇大门在她面前打开了，为了尽快脱身，她拼着小命冲下楼去，可在楼下又是那个下流女人，穿着羊毛裙子，伸出爪子似的双手等候在那里。她一骨碌闪向一边，像疯了一样跑向远方，但那个女人马上追赶上去，就这样两个人在夜色中沿着寂静的长街追逐着，连街灯都俯下身子对着她们冷笑。她总是听到身后传来那个女人木鞋子的"啪嗒、啪嗒"声。但每当她来到一个大街拐角的地方，那里就又会重新跳出那个女人来，到下一个大街拐角处又是老样子，她潜伏在所有房子的后面，或者左右两边。她总是先一步赶到那里，好多次都是这样，伊蕾娜无法超越她，她总是跑在前面追捕她，她感觉两膝已经不听使唤了。终于，她来到了家门口，立即向楼道里奔去，可当她打开房门时，她的丈夫就站在那里，手里拿着一把刀，用咄咄逼人的目光盯着她看。"你究竟上哪儿去了？"他闷声闷气地问道。"没到哪儿去。"她听见自己说道，可她的身边马上响起一阵刺耳的笑声。"我看见了！

我看见了!"那个女人发出尖叫,忽然又站在伊蕾娜旁边,疯狂地大笑。这时,她的丈夫举起刀来。"救命啊!"她吼叫道,"救命啊!"……

她两眼发愣,惊恐的目光和丈夫的目光碰在一起。这……这是怎么了?吊灯发出微弱的光线,她在自己的房间里,躺在自己的床上,只是在做梦而已。可丈夫为什么坐在她床边,像对待一个病人那样打量她呢?那盏灯是谁点上的?他为什么那么严肃地、一动不动坐在那里?她吓得抽搐,不由得看向他的手,不,他的手里并没有拿刀。慢慢地,她从昏昏沉沉的睡梦中醒来,那闪电般的一幅幅景象消失了。想必她是在做梦,在梦里大吼大叫,把他给吵醒了。可他为什么那么严肃地看着她,那么揪心,那么无情?

她强作微笑状。"这……这究竟是怎么啦?你干吗那样看着我?我想,我是做了一个噩梦。"

"是啊,你大声喊叫,我在另一个房间都听到了。"

我喊叫什么了?我是否泄露什么秘密了?他究竟知道什么了?她忧心忡忡,简直不敢抬头面对他的目光。可他却低下头来,一本正经地注视着她,神色异常平静。"你怎么回事,伊蕾娜?到底发生了什么事?这几天你完全变了个人,像是发高烧一样,神经过敏,心不在焉,怎么睡梦中还喊救命呢?"

她又强作欢笑。"不,"他坚定地说道,"你不必向我隐瞒什么。你是有什么烦恼事或者令你折磨的事吗?你变了样子,家里每个人都注意到了。你应该相信我,伊蕾娜。"

他悄悄地将身子贴近她,她感觉到他的手指在抚摩她裸露的胳膊向她示好,他的眼里闪耀着异样的光芒。她的心中突然产生了一种渴望,此刻真想把自己的身体贴向他壮硕的身体,紧紧地抱住他,向他坦承一切,就在此刻,在他正看到她无比痛苦的时候,直至他宽恕自己。

可吊灯发出的微光照亮了她的脸孔,她感到害羞,害怕说出这句话。

"别担心,弗里茨。"尽管身体从头到脚都在不停颤抖,她还是尽力微微一笑,"我只是有点儿神经过敏吧,马上就会过去的。"

他的手，刚才还在紧紧地抱住她，这时却忽然抽了回去。此时此刻看到他这个模样，在昏暗的灯光下面如死灰，因为心事重重而额头紧锁，她不禁吓了一跳。他慢慢地直起腰来。

"我不知道，我只感觉你好像想要把这几天的事情跟我说。一件只是和你我有关的事情。现在就我们两个人在，伊蕾娜。"

她一动不动地躺在那里，仿佛被他这种严肃而朦胧的目光催眠了一样。她觉得那是多么美好啊，现在一切都会好起来，她只需要说一句话，只是简短的一句话：原谅我吧，他就不会再问究竟是什么事了。可是，那灯光，那嘈杂、无礼、窃听的灯光为什么还亮着呢？她感觉到，若是在黑暗中，她就会说出来了。可这种灯光让她丧失了勇气。

"那你真的……真的没有什么事情要跟我说吗？"

这种诱惑多么可怕啊，他的声音多么温柔啊！她从来没有听他如此说过话。可是，这灯光，这吊灯，这黄色的贪婪的灯光啊！

她提起精神。"你想到哪儿去了，"她朗声一笑,却被自己假惺惺的声音吓住了,"就因为我睡不好觉,就该有什么秘密吗?难道到头来就该有什么风流韵事吗?"

她自己直打寒战,可想而知,她的话听起来有多么虚情假意。她简直吓得魂飞魄散了,不知不觉地将目光移向别处。

"那好,晚安。"他说得很简洁,口气很尖锐。用的是一种迥然不同的声音,像是一种威胁,或者是一种恶意而危险的嘲笑。

说完,他熄了灯。她看着他的白色影子在门口消失,无声无息,苍白无力,像是夜里的一个幽灵,而当房门关上的时候,她感觉仿佛是一口棺材被合上了。她感觉世上所有的人都已经死去,空洞无物,只是在她僵硬的身体里,自己的心脏和胸腔发生碰撞,响亮而疯狂,每跳一次,都会痛上加痛。

第二天,他们正在一起吃午饭,两个孩子刚刚吵了一架,被训斥了一顿,好不容易才安静下来,这时女佣送来了一封信。信是写给尊敬的夫人的,要求马上给予回复。她发现是陌生人的笔迹，不胜讶异，急忙拆开信封，刚看到第一行字，顿时脸色煞白。她禁不住一跃而起，等到从别人不约而同的惊奇神情中发现自己的疯狂举止泄露了天机，更是大惊失色。

来信很短，只有三行字："请立即交给送信人一百克朗。"没有署名，没有日期，笔迹显然经过了伪装，只有这个可怕而有力的命令！伊蕾娜跑进自己的房间拿钱，可忘记把钥匙放进了哪个抽屉里，便心急如焚地翻箱倒柜，最后总算找到了。她哆哆嗦嗦地将纸币折叠起来放进信封，亲自到门口交到在那里等着的仆役手里。她毫无意识地做完这一切，好像梦游一般，不容自己有任何犹豫的余地。她差不多才离开两分钟时间，又重新回到了房间。

房间里寂静无声。她坐下，一副战战兢兢很不舒服的样子。紧接着，她惊恐地发现，刚才那封打开的信竟然被自己随手放在了盘子旁边。她像是遭了雷劈似的，紧张得都快晕头转向了，双手不停地抖颤，赶紧将举起的杯子放下来，同时急于想找到一个借口搪塞。丈夫只要稍稍伸一下手，完全可以将那张纸条拿过去，或许只要看一眼，就足以看清上面几行笨拙的大字。她一下子说不出话来，偷偷一抓便将纸条揉成一团，可正当她将那张便条放进口袋的时候，她抬眼一望，碰到了丈夫犀利的目光，这种折磨、严厉、痛苦的目光她以前从没有在他那里看到过。只不过才几天工夫，他又用这种突如其来的猜疑的目光盯着她看，她内心深处感到毛骨悚然，真不知道如何应付才好。上回跳舞的时候，他也是用这种目光盯着她看，就是这同一种目光，像一把刀子，昨天夜里在她的梦里闪烁。

难道是他已经知情，或者知晓部分情况？这件事使他如此敏锐，如此赤裸裸，如此坚强，如此痛苦吗？她绞尽脑汁想说点儿什么，可就在这时突然回想起一件早就忘记了的事来：丈夫有一次对她说起过，一个律师在面对预审法官时有个诀窍，就是在审讯期间像近视眼一样详细地检查案卷，这样才能在提出一个真正的关键性问题时，闪电般地抬起眼睛，仿佛一把匕首突然刺入惊慌失措的被告胸口，被告就会在这种耀眼的闪电聚焦之下失去镇静，于是无可奈何地放弃自己精心编造的谎言。难道他现在想亲自尝试一下如此危险十足的诀窍，让她成为牺牲品吗？她很清楚他对心理学有着一种狂热，它远远超出了法学上对他职业要求的标准，想到这一点，她哆嗦了一下。对一起犯罪案件进行跟踪调查、取得口供，就和其他人喜欢赌博或好色一样，他会全神贯注地参与其中，而在心理跟踪的那几天时间里，他的举止和他的内心一样被烧得火热。他抑制不住的烦躁神情，常常促使他在夜间搜寻到那些早已遗忘了的判决，于是从外表上看，他变得格外捉摸不定了。他饭吃得不多，酒也喝得很少，只是一根接一根地抽烟，也不怎么开口，仿佛要把话留到法庭上去说。她在法庭上只见过他一次，后来就再也没见过那种场景。那是一次辩护，她当时真的被吓坏了，他那阴森可怕的激情，说话时那几近恶毒的热情，脸上那种阴郁而痛苦的表情。现在，她又突然在他趾高气扬的皱起的眉宇下那呆滞的目光中发现了这种表情。

所有这些被遗忘了的记忆，都在这一瞬间重新浮现在她的脑海里，她本来一直想说的话再也说不出口。她保持沉默，她越是感觉到这种沉默有多么危险，自己如何错失了最后清楚解释的机会，她就越是感到张皇失措。她不敢再抬起眼，可现在低头看时她感到更加惊恐，因为她看到，他平时镇定自若、从容不迫的双手，仿佛幼小的野生动物一样，在桌子上游移不定。好在午饭快要吃完了，两个孩子一跃而起，欢声笑语地冲进隔壁房间，尽管家庭女教师想方设法压低他们放肆的声音，可还是徒然。丈夫这时也站了起来，迈着沉重的脚步，目不斜视地到隔壁房间去了。

好不容易有了一个人独处的时间，她重新掏出那封倒霉的信来。她又一次匆匆浏览了一下上面的几行字："请立即交给送信人一百克朗。"她满腔怒火地将信撕成碎片，然后把碎片揉成一团，想一把扔进废纸篓里，可她突然想了一下，立即停了下来，弯身凑近壁炉，将纸团扔进噼啪作响的炉火中。那白色火焰跳跃着，贪婪地消灭了威胁，她才安下心来。

就在这一时刻，她听见丈夫回来的脚步声快到门口了，她以迅雷不及掩耳之势跳了起来，因为余火的光芒和冒着被逮住的危险，她满脸通红。还敞开着的壁炉门泄露了天机，她笨手笨脚地想用自己的身体挡住它。他走近桌子，划了一根火柴点他的雪茄烟，火苗向他的脸靠近时，她好像看到他的鼻翼四周在不时颤抖，他生气的时候就是这个样子。他心平气和地朝她这边看过来："我只是想提请你注意一点，你没有义务把你的信拿给我看。如果你希望在我面前保守秘密，那么这完全是你的自由。"她没有出声，也不敢瞅他。他等了一会儿，深吸了一口气，仿佛从胸腔最里面吐出一口雪茄烟来，然后步履蹒跚地离开了房间。

她现在什么都不愿多想，只想让自己多活两天，能够麻醉自己就好，让自己的心被各种各样空洞而无聊的活动占满。这房子她再也待不下去了，她觉得必须到大街上去走走，身处人群之中才不至于因为恐惧而发狂。她只是希望，拿这一百克朗至少能从敲诈勒索的女人那里买来短暂的几天自由，于是决定再冒险出去散会儿步，更何况还要购置各式各样的东西，尤其是在家里还得设法掩饰住为什么出人意料地改变了自己的生活习惯。她现在必须寻找某种逃避的方式了。她像是离开了跳板一样,闭着双眼从自己家的大楼门口拥入大街熙攘的人流之中。终于,她一脚踩在坚硬的石子路上,四周是温暖的人流,她莽撞地向前冲去,既烦躁又匆忙,但为了不惹人注目,还只能像一位贵妇人那样疾行,她的两眼直愣愣地盯着地面,生怕又撞见那个危险的目光。这样即便被人偷窥,她至少可以装作不知道。可一旦有人偶然和她擦肩而过,尽管她感到自己什么都不去想,但还是吓得直打战。听到任何声响,听到身后传来的任何脚步声,看到从身边闪过的任何影子,她的神经都会痛苦得受不了。只有坐在汽车里,或是待在人家屋子里,她才能真正地呼吸。

有一位先生向她问好。她抬头一看,认出是小时候自己家里的老熟人,这是一个白胡子老人,他和蔼可亲,但说起话来总是唠叨个没完,换在平时她早就躲着他了,因为他有个怪癖,可以拿或许仅仅是自己想象出来的身体上的小毛病和你唠叨个把小时。可现在,假如只是回应一下他的问候以示感谢，而不设法陪他走上一段路，那她就会感到很遗憾，因为身边有一个熟人，说不定就能阻止那个敲诈的女人出其不意地上来和她纠缠呢。她迟疑了一下，想再回头和他说上一两句，可这时她忽然觉得好像有人从身后快步向她走来，出于本能，她连想都没想就继续向前奔去。因为恐惧，她越来越敏感，她有一种预感，觉得背后像是有人急切地走近她，于是自己的步子越来越急促，尽管她知道自己最终是难以摆脱他人的跟踪的。她感觉到那脚步声越来越近，预感到马上就要碰到那只手了，她的肩膀禁不住开始打起战来。她的步伐越快，她的双膝就越是变得沉重。此刻她感觉到那个跟踪者离她很近，然后就听见有一个声音从背后叫道："伊蕾娜！"语气急迫，但很轻，她才想起这个声音，并不是那个令她惊骇的声音，并不是出自那个给她带来灾难的可怕女人之口。她舒心地叹了口气，转过身来，发现那人原来是她的情人。她突然站住不动，他一下子没料到，差点儿撞到她的身上。他脸色惨白，心慌意乱，脸上写满了激动的神情，而现在，见到她那惊慌失措的目光，他深感惭愧。他忐忐不安地举起自己的手想和她握手问候，可见她并没有伸出手来，只好又把举起的手放下了。她只是出神地凝视他一两秒钟，并没有料到来者是他。在心惊胆战的这些日子里，她恰恰把他忘得一干二净。可现在，她从近处看到，他苍白而疑惑的脸孔，神情恍惚，茫然不知所从，目光中透露出种种隐隐约约的情感，她顿时气得勃然大怒。她的嘴唇直打哆嗦，想要说出一句话来，可是表现出的激动神情太明显了，他吓得只能支支吾吾地叫着她的名字："伊蕾娜，你究竟怎么了？"看到她不耐烦的表情，他突然低头补充道："我到底做过什么对不起你的事了？"

她目瞪口呆地看着他，难以抑制住自己的怒火。"你做过什么对不起我的事了？"她嘲讽地大笑道，"没有！绝对没有！只做过好事！只做过愉快的事儿。"

他愣住了，嘴因为惊异而半张着，这使他的外表看起来愈加滑稽可笑。"可是伊蕾娜……伊蕾娜！"

"你别在这里让人看笑话了，"她粗暴地训斥他,"也别在我面前装蒜了。你那位漂亮的女朋友,她肯定又在这附近埋伏着呢,然后又会对我突然袭击……"

"谁……究竟是谁?"

她真想一拳砸到他的脸上,砸到这一张傻里傻气、丑陋不堪的脸上去。她发现自己的手紧紧抓住那把伞。她从来没有如此蔑视、如此讨厌过一个人。

"可是伊蕾娜……伊蕾娜,"他结结巴巴地说道,越发无所适从了,"我到底做过什么对不起你的事了?……你突然说走就走……我没日没夜地等着你……我今天一整天站在你家的大楼门口等着,希望能和你说上一句话。"

"你等……这样……你也是这样。"她怀着一种莫名的怒火,她感觉到了这一点。要是能在他的脸上打上一巴掌,那将是一件多么舒心的事啊!但她还是沉住了气,再一次充满厌恶地看了他一眼,仿佛是在考虑,要不要当着他的面,以谩骂的方式将郁积在自己心头的全部愤怒一股脑儿地发泄出来,可她马上转过身去,头也不回地投入了纷乱的人群之中。他一个人愣在那里，一筹莫展，全身战栗，伸出的手还在发出恳求，直至熙攘的大街将他团团围住，又将他推走，仿佛激流将一块即将下沉的木板推走一样，那木板抗拒着，不断地晃动、旋转，最终还是任凭河水冲走了。

这个人曾经做过她的情人，她现在突然觉得，这完全是一件荒谬绝伦的事。她什么都想不起来，既想不起他眼睛的颜色，也想不起他的脸形，她已经回忆不起来和他有过肉体上的温存，除了他支支吾吾、满心绝望地说出"可是伊蕾娜"那句叫人悲叹、充满女人气、奴性十足的话之外，他已经没有任何话在她耳边回响了。那么多天来，尽管他是一切不幸的根源，但她一次都没有想到过他，他在她的梦里也没有出现过。对她的生活而言，他什么都不是，没有任何吸引力，也差不多没有留下任何记忆。她觉得不可理喻的是，她的唇曾经竟然接触过他的嘴，她感觉心里能够发誓，自己从来就没有属于过他。究竟是什么驱使她投向他的怀抱？究竟是何种可怕的疯狂将她卷入这件风流韵事中？对这件风流韵事她自己的心无法理解，她所有的感官也难以理解。她对此一无所知，在这件事上她觉得一切都很陌生，甚至觉得自己也很陌生。

可是，在这六天时间里，在这恐怖的一周里，所有其他的一切是否也变样了呢？那种腐蚀性的恐惧像硝酸一样分解她的生活，使它的元素分离。那些东西突然有了其他重力，所有的数值已经调换，所有的内在关系已经混乱。她觉得一直以来，自己似乎仅仅带着一种朦胧的感觉，半闭着眼睛摸索自己的人生，可现在，那里面的一切在一种美轮美奂的清澈之下突然闪闪发光。出现在她面前的是那些她从未接触过的东西，她从中突然明白了，它们才是她真正的生活，而所有其他在她看来至关重要的东西都成了过眼云烟。到目前为止，她始终过着一种热闹非凡的社交生活，那是有钱人圈子里一个喧闹而健谈的集体，其实仅仅是为她们这样的人提供的场所。可现在，她已经在自己家的高墙内度过了一个星期，她并没有觉得没有它们自己就无法生活，而是仅仅对这种无所事事者空虚的忙碌生活感到厌恶。她从这种最初获得的强烈感觉中，情不自禁地对自己一直以来肤浅的兴趣爱好和始终缺乏对工作的热爱进行估量。她看到了自己的过去，就像看到了深渊一样。结婚八年，她沉浸在一种太过微不足道的幸福的幻想中，从来没有亲近过丈夫，她对他最内在的本性感到陌生，对自己的孩子也有同感。家里请来的几个人横亘在她和他们中间。家庭女教师和仆人可以解决她所有的后顾之忧，现在，自从她更近地观察到孩子们的生活之后，她才开始预感到，这些后顾之忧要比丈夫热烈的目光更有魅力，要比一次拥抱更为愉快。她的生活慢慢有了变化，有了崭新的意义，一切都赢得了崭新的关系，她的面容也在倏忽之间变得严肃而意味深长。自从认识到危险，并且随着危险的来临也认识到一种真正的情感之后，所有的东西包括最陌生的东西开始和她融合在一起。她在所有东西里感受自己，而这个世界呢，先前还像玻璃一样透明，如今在她自己阴影的黑色表面突然变成了一面镜子。她往哪儿看，她往哪儿听，转眼间就会变成现实。

她坐在孩子们中间。家庭女教师在给他们朗诵一篇关于公主的童话。公主可以查看宫殿里的所有房间，但只有一个房间不能打开，就是用那把银钥匙锁住的房间。可她还是打开了那个房间，于是灾难临头了。这难道不正是她自己的命运吗？自己同样只不过是偷吃了禁果，便落入悲惨的境地。一周前她还觉得这篇小童话是那么幼稚可笑，现在却觉得它真是充满了智慧。报上刊登过一个故事，有一位官员，因为经不住敲诈，竟然成了一名告密者。她感到不寒而栗，同时也对此表示理解。只要能弄到钱、买来几天安宁的日子和一点儿快乐，自己说不定也会做出同样丧心病狂的事来呢？童话里提到自杀的每一行文字，每一桩罪行，每一种绝望，她觉得都变成了耸人听闻的事件。那个"我"在对她诉说着一切，那个厌世者、绝望者、受引诱的女佣以及那个遭遗弃的孩子，一切仿佛都是她自己的命运。她忽然发觉自己的生活真是富足啊，她知道在自己的命运中可能从没有遇到过一个小时的贫穷，可现在，等到一切行将结束，她才发觉自己又要从头再来了。难道这样一个下三烂的女人，竟然有权用她粗笨的拳头，砸烂所有不可思议的恩恩怨怨和这个无穷无尽的世界吗？难道就因为自己这样一个罪过，所有那些感觉自己能够担当的伟大和美丽就应当遭到毁灭吗？

可为什么——她在盲目地抗拒灾难的发生，她觉得这么做完全合乎情理——为什么自己犯了那么微不足道的罪过，就要遭受如此可怕的惩罚呢？她认识多少女人啊，她们追求虚荣，厚颜无耻，贪图淫欲，甚至将情人视为金钱，在他们的怀抱里嘲弄自己的丈夫，这些女人就像生活在自己家里一样生活在谎言里，她们在伪装时更美丽，在被追踪时更坚强，在危险时更聪明，可她自己却在第一次面对恐惧的时候，在第一次犯错的时候便不知不觉地崩溃了。

可是，难道她真是个罪人吗？她从内心深处感觉到，自己对这个人，对这个情人很陌生，她从来不曾将自己真正的生活奉献给他。她没有收到过他任何东西，自己也不曾送过他任何礼物。所有那些过去了的和被遗忘了的事，绝对不是她犯下的罪，而是另外一个女人犯下的，她自己都不懂这个女人，也无法重新回想起这个女人。难道人们可以惩罚一种随着时间的流逝早已被赎过罪的过错吗？

她突然感到惊骇起来。她觉得这已经完全不是自己的想法了。究竟是谁说了这个话？在她身边的某个人，最近一次，是在几天前。她回想着，当想到原来是自己的丈夫激发起她心里产生这种想法时，她着实吃惊不小。那天他参加了一次诉讼，回家后情绪激动，面色煞白。突然，这个素来沉默寡言的人对她和偶然来访的朋友说道："今天一个无辜者被判了刑。"在她和朋友的追问下，他十分激动地叙述起来：有一名小偷刚刚为三年前犯下的一起盗窃罪受到惩处，他认为这是不公平的，因为虽说这个人三年前犯下了罪案，但三年之后，他已经不再是原来的那个人了。他们这是在惩罚另一个人，而且是在加倍惩罚他，因为他始终生活在恐惧的高墙内，而且是在证明自己有罪的惶惶不可终日中度过了漫长的三载春秋。

她战战兢兢地想起自己当时还反驳过他。就她缺乏生活经验的感觉看，那名罪犯始终仅仅是舒适的市民阶层里的害虫，必须不惜一切代价地将他彻底消灭掉。现在她才发觉自己的论断是多么可悲，他的论断又是多么宽容而公正。可是，他真的能够明白她的处境吗？明白她爱的不是一个人，而是这种冒险吗？他是否因为宽容太多，因为给她提供了那种叫人越来越懒散的舒心环境，而成了同谋犯了呢？他作为法官是否也能正确对待自己家里的事务呢？

可叫人担心的是，她是不可能再有什么指望了。因为就在第二天，又来了一张便条，她像是再次遭受鞭笞，重新从逐渐减弱了的恐惧中惊醒过来。这一次索要两百克朗，她没有讨价还价就给了人家。让她感到可怕的是，敲诈的金额急剧上升，她感到自己已经难以应付，因为虽说她来自一个富有的家庭，但也无法悄悄地弄到大笔数目的钱。那么再以后，又有什么意义呢？她明白，也许明天就是四百克朗，很快就是一千，甚至更多，她给的越多，那么到头来，一旦凑不到那么多钱，匿名信又会过来，她就该玩完了。她所买到的，仅仅是时间，喘口气的时间，休息两三天的时间，也许有一个星期的时间，但这是一段一文不值的时间，充满痛苦和紧张。现在她心情烦躁地在噩梦中睡去已经有一个多星期了，梦里要比清醒时更要命，她缺乏的是新鲜的空气、自由的活动、宁静的心情、忙碌的工作。书她看不进去，什么事情都没法做，像魔鬼附身似的被内心的恐惧追逐着。她觉得自己病了。有时候，她不得不突然坐下来，因为心跳太剧烈，一种惶恐不安的沉重满载着黏稠的汁液装满她的全身，那种疲惫不堪可谓痛苦至极，可还是不让她安然入睡。她的整个生活被不断蔓延的恐惧破坏了，她的身体被击垮了，而其实她内心深处渴望的，是这种生病的症状能够最终爆发出来，成为一种看得见的痛苦，一种真正看得见、摸得到的临床疾病，那样人们便会对这种病症给予同情和怜惜之心。在被地狱般的痛苦折磨的时刻，她开始羡慕起那些生病的人。如果自己能在一家疗养院里待着该有多好啊，躺在白色墙壁之间的白色床铺上，身边被怜悯和鲜花簇拥着，大家过来看望她，每个人都对她彬彬有礼，那么就像一轮巨大而亲切的太阳早已远离乌云一样，自己尽快康复的身体必将摆脱疾病的困扰了。人家有痛苦，好歹还能够大吼大叫一番，可她必须不停地表演着一个快乐的正常人的悲喜剧，而每一天，乃至每一小时都可能在她身上发生新的可怕的情况。哪怕神经在颤抖，她还得强颜欢笑，装作高兴的样子，可又有谁能想到，她这样佯作欢笑花了多少努力？她唯有将这种英雄般的力量浪费在这种每天徒劳无益的自我施暴上。

她觉得在她身边的所有人中，只有丈夫一个人似乎从发生在她身上的可怕遭遇中预感到了什么，而他之所以能这样，无非是因为他始终在暗中窥探她的一举一动。她觉得他在不停地研究她，正如她对他做的那样，这样一来，她不得不加倍小心翼翼了。他们昼夜都在对方身边神出鬼没，似乎彼此在打埋伏，以便窥探到对方的秘密，而将自己的秘密隐藏在背后。最近一段时间，她丈夫也变了个样子。刚开始几天那种恐吓性的盘根究底式的严厉风格已经消失，取而代之的是一种特别的宽容和担忧，这不由得让她想起新婚燕尔的日子来。他像对待病人一样对待她，那种无微不至的关怀弄得她心神不安，她都因为这种受之有愧的爱情而感到难为情了。可另一方面，她却又对这样的爱情深感惶恐，因为它很有可能意味着一种诡计，好在猝不及防的时刻从她松弛无力的手中突然夺走她的秘密。自从他那天夜里偷听到她的梦话，还有那天看到她手里的那封信之后，他的猜疑像是变成了同情，他含情脉脉地争取她的信任，为的是在下一瞬间重新听从于这种怀疑，他的温情往往能使她平静下来，并且具有了顺从的心情。它仅仅是一种诡计，预审法官诱惑被告的一种圈套，骗取信任的一种陷阱，它可以突破招供的防线，而紧接着，突然反戈一击，令其毫无招架之力，任凭他随意摆布。或者说，他心里也感觉到，这种愈发频繁的窥探和偷听是一种令人无法忍受的状况，他是那么富有怜悯之心，甚至自己也在悄悄地为她日益明显的痛苦而受尽折磨吗？她战战兢兢地发觉，他有时似乎向她说上一句打破僵局的话，让她觉得招供简单得迷人。她明白他的意图，对他的善意深表感激。可她也察觉到，随着对他的好感逐渐加深，她在他面前的羞耻心也在不断滋长，因此她的口风反而要比从前她不信任他时更严实了。

在那些日子里，有一天，他跟她面对面地谈过一次话，谈得非常透彻。那天她从外面回来，到了客厅里听到高声叫嚷的声音,那是她丈夫的声音,刺耳而有力,她还听到家庭女教师在吵吵嚷嚷地唠叨什么,其间还传来哭哭啼啼声。她的第一个感觉就是惊慌。每当听到家里有人大声说话或者情绪激动时,她就会吓得直打寒战。她害怕的是自己要对任何不寻常的一切做出回答的感觉,那种抑制不住的恐惧告诉她,那封信又来了,秘密被揭穿了。每次开门的时候,她总是先用疑惑的目光朝每个人的脸上扫视,想知道自己不在家时是不是发生过什么事情,但好在灾难没有在她外出的时候降临。她弄明白这一次只是孩子们在吵架,临时安排了一次小小的审判,她的心才马上镇定了下来。几天前,一个姑妈送给儿子一件玩具,那是一匹小花马,女儿因为妒忌很生气,因为她拿到的是差一点的礼物。她试图提出自己拥有同等的权利,而且是那么迫不及待,结果以失败告终,哥哥压根儿连玩具都不让妹妹碰,惹得女孩先是气得大吵大闹,然后就默默无言了,人却显得忧郁、无奈和固执。可到了第二天,那匹小花马不见了,消失得无影无踪,男孩遍寻不着,最后有人无意间在壁炉里发现了它残剩的碎片。小花马的木头支架折断了，彩色的毛皮撕掉了，连肚子里的东西也被掏了出来。嫌疑自然落到了女孩身上，男孩大哭大闹着向父亲告发恶毒的妹妹，而妹妹呢，不可能不作自我辩解，于是审讯就开始了。

伊蕾娜突然心生妒忌。为什么孩子们一有事就去找他，却从不找她呢？他们一向都把碰到的所有争执和抱怨向丈夫诉说，原先她一直很高兴，自己能够摆脱这些叫人不愉快的小事，可现在她突然心有不甘，因为她从中感受到了孩子们对父亲的爱和信任。

这次小小的审判很快就有了判决。女孩起先矢口否认，当然是羞愧地垂着目光，因为怕露出马脚，连说话的声音都在颤抖。家庭女教师做证，她听见女孩子一气之下威胁说要将小花马扔出窗外，女孩竭力否认，但还是徒然。场面有些乱哄哄的，有啜泣，也有绝望。伊蕾娜凝视着丈夫。她觉得他好像不是在审判女儿，而是在审判自己，因为或许明天她就会站在他面前，声音里带着同样的颤抖和同样的哽咽。丈夫起先目光严厉，只要女孩坚持撒谎，他就逐字逐句地迫使她放弃反抗，哪怕她一次次拒绝，他也始终不生气。可到后来，当女孩执意不思悔改地否认时，他开始好心好意地开导她，直截了当地表示她这种行为有其心理上的必然性，她起初在一怒之下草率地做出这种可恶的事情，从某种程度上也是可以原谅的，因为她根本没有想到，自己这么做实际上是多么伤哥哥的心。他进而和颜悦色、语重心长地向越来越没有自信的女儿解释说，她的行为尽管是可以理解的，但也应该受到责备。这么一说，女孩子终于开始疯狂地号啕大哭起来。一会儿工夫，她就哭得泪流满面，支支吾吾地承认了自己犯下的过错。

伊蕾娜急忙冲过去，想拥抱已经哭成泪人的女儿，可小女孩气呼呼地一把推开了她。丈夫也以提醒的口吻指责她不该这么着急地表示怜悯，他可不想没有任何惩罚就让此事了结。他做出的惩罚决定是不允许女儿明天参加一项她盼望了好几个星期的大型活动，这虽然算不上什么了不得的惩罚，但对一个孩子来说却是很要命的了。女孩一听到这个判决，立刻痛哭起来，男孩则开始大张旗鼓地庆祝自己的胜利，但他这种尖酸刻薄的嘲讽流露得太早了，于是很快同样被卷入了受罚的行列，因为他的幸灾乐祸，父亲也取消了他参加这项儿童盛会的权利。两个人都很伤心，但是因为共同受罚而相互感到安慰。最后，两个孩子都离开了，只留下伊蕾娜和丈夫待在那里。

她突然觉得现在终于有了机会，以和他谈论女儿的过错和认错做幌子，来谈谈自己的过错，她忽然有了一种如释重负的感觉，至少可以婉转地进行忏悔，请求他的怜悯。她想，如果他能宽宏大量地接受她为孩子们的求情，那么她也许就有胆量为自己说情了。

"你说，弗里茨，"她开始说道，"你真的不想让两个孩子参加明天的活动吗？他们会很不开心的，尤其是女儿，她干的事根本就不算什么，为什么你要给她如此重的惩罚呢？难道你就不为她感到惋惜吗？"

他望了她一眼，从容地坐了下来。看来他很乐意和她更为详尽地探讨这个话题。有一种预感让她既高兴又害怕，她猜测他要逐字逐句地反驳她了。

她心里只是期待他的停顿早点结束,他可能是故意为之或是在费力思考,才将这个停顿延伸得特别长吧。

"你问我是不是替她感到惋惜?我的回答是:今天不会。她受到惩罚之后,现在心情好多了,尽管她似乎还是有一些伤心。她昨天很不快乐,因为那匹可怜的小花马被断了手脚塞进壁炉里,家里所有的人都在四处寻找,而她一天到晚都在担心可能或者肯定会被人发现。这种恐惧要比惩罚更坏,因为惩罚可谓多少有了定论,总要比可怕的未知的东西、比这种恐怖的没完没了的紧张强。知道自己的惩罚之后,她就会感到很轻松。千万别让她的哭泣把你弄糊涂了。只是现在已经说出来了,而原先是埋在心里。埋在心里要比说出来更不是滋味。我认为,如果她不是孩子的话,或者说,如果我们能以某种方式看到她最终的结果的话,那么一定会发现,尽管她受到了惩罚,而且痛哭流涕,其实她感到很高兴,而且无疑要比昨天更为高兴,虽然她当时似乎无忧无虑地走来走去,谁也没有怀疑她。"

她抬头看了看。她觉得好像他的每一句话都是针对自己说的。可他或许是误解了她的举动，似乎根本没注意到她，而是更加干净利落地继续说道："情况的确就是如此，你可以相信我。这一点我是从法庭上和案件审理中认识到的。最让被告折磨的是，因为想隐瞒事实真相，因为面临被查出的威胁，因为遭到可怕的胁迫，不得不抵挡成百上千个暗藏的小攻击来维护自己的谎言。看到这样的案件很可怕，法官在那里早已将被告的一切尽收囊中，罪行、证据，也许甚至连判决在内，只是还没拿到供词，这个在被告手里，不管法官如何施压，被告始终不肯坦白。看到被告转弯抹角或是藏头露尾真是恐怖，因为要想让他说出'是'字，就必须像用一把钩子撕扯那个正在违抗的肉体一样。有时候，这个'是'字已经到了喉咙口，内心深处有一种难以抗拒的力量把它挤到了上面，害得他们透不过气来，这个字就快要吐出来了。这时候，一股邪恶的力量，那种不可思议的集顽固与恐惧于一身的感觉，突然向他们袭来，于是他们又把这个字给咽下去了。斗争又得重新开始了。法官受折磨的程度往往更甚于被告。然而这些被告却总是把他视为仇敌，可事实上他是他们的助手。而我作为律师，作为辩护人，本来真的是应该警告我的当事人，千万别招供，要将撒谎和圆谎进行到底，可我心里往往不敢这么做，因为他们不招供比招供和受到惩处更痛苦，其实我始终不明白，一个人既然可以去犯罪，意识到这样做有风险，可为什么就是没有勇气承认自己犯下的罪行呢？这种不敢说出那个'是'字的小恐惧，我觉得要比犯下的任何犯罪行为本身更为可悲。"

"你认为……这始终是……始终只是恐惧……在阻碍人们吗？难道就不是……难道就不是羞耻之心……被暴露出来……在众人面前被撕下伪装的羞耻之心吗？"

他惊讶地抬起头来望了她一眼。他一向不习惯从她那里得到答案。但这句话令他着迷。

"羞耻之心，你说……这……这真的只不过是一种恐惧而已……却是一种比较好的……一种不是害怕惩罚，而是……不错，我明白……"

他站了起来，来回踱着步子，心情异常激动。她的想法似乎击中了他心里的某个东西，顿时让他波澜起伏，心潮澎湃。他突然站住不动了。

"我承认……在他人面前，在陌生人面前……在那些下里巴人面前是会感到羞耻，他们像大口咀嚼黄油面包一样从报纸上大口咀嚼陌生人的悲惨遭遇……可正因为如此，他们可能至少会向和自己关系亲近的人坦白吧……你记得那个纵火犯吧，我去年给他做过辩护……他对我有着特别的好感……他什么事都给我讲，小时候的那些小故事……甚至是私密性的话题……你瞧，他肯定犯了罪，他也因此被判了刑……可是他并没有向我供认他的罪行……这同样是恐惧作怪，我完全可以出卖他……不是羞耻之心，因为他确实很信任我……如果他在生活中会对他人表示出类似友情的那种东西，我想，我就是他那个唯一的对象……也就是说，这可不是在陌生人面前感到的那种羞耻之心……他真正能够信赖的究竟又是什么呢？"

"或许，"她不得不把目光转过去，因为他用那种眼神盯着她，她感觉自己的声音在颤抖，"或许……这种羞耻之心在……自认为在最亲近的人面前……最厉害。"

他突然又站住不动了,好像被内心一种强大的力量攫住了。

"那你是说……你说……"他的声音忽然变样了,变得非常温柔,非常低沉,"你说……海伦妮……可能更容易对另外一个人承认自己的错误……也许对我们的家庭女教师……她……"

"这一点我相信……她只是偏偏对你有着太多的抗拒吧……因为……因为你的判决对她最为重要……因为……因为……她……最爱你……"

他又一次站住不动了。

"你……你或许说得对……不错,甚至肯定是对的……这可真奇怪……我就从来没有想到过这一点……这不是很简单吗……我可能太严厉了,你是了解我的……我不是这个意思。不过我明天会去的……她当然可以参加……我本来只是想惩罚她的固执、她的反抗,以及……以及她对我的不信任……不过你是对的,我不希望你认为我不会原谅人……我不希望是这样……恰恰是因为你我才不想这么做,伊蕾娜……"

他注视她,她感觉自己被他看得脸都红了。他

110

这么说话，是故意，还是巧合，一个狡诈而危险的巧合？她始终觉得这种难以判断的局面好可怕。

"刚才的判决已经被撤销了，"现在似乎有一种欢呼雀跃涌上他的心头，"海伦妮自由了，我亲自过去通知她，你现在可以对我满意了吧？难道你还有什么其他要求？……你……你瞧……你瞧，我今天气量大吧……或许是因为我很高兴能够及时承认这是一个错误。这总是可以设法减轻一个人的精神负担的，伊蕾娜，总是……"

她以为自己明白他这种强调是什么意思了。她不由自主地向他渐渐走近，觉得话就要从心头涌出来了。他也慢慢地向她走来，像是要急切地从她的手里接过什么明显让她感到心情沉重的东西。这时，他的目光和她的目光相遇，他的目光里含着贪婪，渴望她的坦白，渴望了解她本性上的东西，那是一种心急如焚，一切在她心里顷刻间崩溃了。她的手无力地放了下来，接着转过身去。她觉得这是毫无结果的，自己永远无法说出这句话来，这一句让她解脱的话在她心里燃烧，使她永无安宁。警告就像近在眼前的雷声隆隆作响，可她知道自己是无从逃脱了。她内心最隐秘的愿望，就是盼望着那迄今为止一直让她心惊肉跳的东西，那可以使自己获得拯救的闪电的出现：让真相大白于天下。

伊蕾娜的愿望似乎马上就要实现了，比她预料的还要快。现在内心的挣扎已经持续了十四天，她感到精疲力竭。到今天，那个女人没有过来打搅她也已有四天时间了，可那种恐惧感却总是如此深入地渗透她的肉体，如此残酷地折磨她的心灵。每当门铃声响起，她总是立刻跳起来，好让自己及时截取敲诈勒索的信息。有一种焦躁不安，几近是一种朝思暮想包含在这种欲望里，因为每次一付款，她真的就可以买到一个晚上的安宁、和孩子欢度的几个小时，或者一次外出散步。这样她就可以有一个晚上或是一天的时间轻轻松松地舒口气了，可以到街上逛逛，去看看朋友。可是，睡眠很狡猾，它坚持要从持续临近的危险周围获得清醒的意识，以欺骗的方式剥夺你那少得可怜的安慰，到了夜里就会拿连连噩梦充满你周身的血液。

这一回听到门铃声响起，她又是猛地冲过去想开门，想必她自己也早已了然于胸，这种担心仆人赶在她前面的心神不宁一定会引起怀疑，很容易诱使人们做出不怀好意的猜测。可是，那些处心积虑的小抵抗多么软弱无力啊，每当听到电话铃声，听到大街上自己身后的脚步声，或者听到门铃声，她整个身体又会像被鞭子抽打了一样一跃而起。她听到房间里再次传来一阵门铃声，急匆匆奔到门口。她打开房门，第一眼看到是一个陌生女人时感到很惊讶，过了一会儿，她吓得朝后一退，认出眼前依然是那个敲诈勒索的女人那张丑陋面孔，只不过是换上了新衣服，戴了一顶很有风度的帽子。

"噢，原来就是您啊，瓦格纳夫人，我真是太高兴了。我有重要的事情找您。"伊蕾娜惊恐万状，手颤抖着扶住门把手，还没开口回答，她便进来了，将伞放到一边。这是一把刺眼的红阳伞，显然是她从敲诈勒索的强盗行径中赚来的战利品。她信心十足地在房间里走动，仿佛是在自己的家里一样，打量着室内的各种豪华陈设，兴高采烈的样子，似乎还有一种镇定自若的感觉，又擅自继续向前，穿过半开着的门来到会客室里。"从这里进去，是吗?"她问道,讥讽里含着克制,处在惊恐中的伊蕾娜正想拒绝她,可惜始终说不出话,她却又镇静地补充道:"如果您觉得心里不痛快,那我们可以赶紧把这事办了。"

伊蕾娜不声不响地跟在她后面。一想到这个敲诈她的女人待在自己的家里,这种肆无忌惮的行为超出了自己最可怕的猜测,她顿时感到头晕目眩,觉得这一切好像在梦里一样。

"您这儿的日子过得很好嘛,太好了!"女人坐下来时赞叹道,明显感到很愉快,"哦,坐在这里多好呀。而且还有好多画。只有到了这里才知道,像我们这些人是多么可怜啊。您的日子过得多么好啊,真是太好了,瓦格纳夫人。"

看到这个罪犯如此乐不可支地待在自己家里,满腔愤怒终于在这个受尽折磨的人身上爆发了。"你究竟想干什么,你这个敲诈勒索的女人!你一直跟踪到我家里。可我不会让你折磨到死的。我会……"

"您不用那么大声叫嚷,"那女人打断她的话,露出一种冒犯性的亲近感,"门不是开着吗?仆人们会听见您说话的。这可不是我的错。我真的不想否认什么,我的上帝,我就算是蹲大牢也不会比现在这种悲惨的生活更差了。可是您,瓦格纳夫人,您可得要小心一些了。如果您忍不住要发脾气的话,我们不妨关起门来说话。不过我有言在先,您想骂人我可不怕。"

可是,伊蕾娜的气势只是因为愤怒而坚持了一会儿,在这个不可动摇的女人面前,马上又失去了招架之力。她站在那里,活像一个听候完成某项任务的孩子,差不多又是谦卑又是不安。

"那好,瓦格纳夫人,我不想拐弯抹角说话了。我过得不好,这您知道。这我早就跟您说过。我现在需要钱付房租,已经拖欠很久了,而且其他方面还有花费。我想总得让自己的生活过得体面一点儿。所以我就到您这里来了,您只好帮衬我一把,喏,只要四百克朗就行。"

"我没法给你。"伊蕾娜支支吾吾地说道,她被这个数目吓坏了。她手头真的没有那么多现金。"我现在真的没那么多钱。这个月我已经给过你三百克朗了。我究竟到哪儿去弄钱啊?"

"嗯，这个没问题，您好好想一想就成。像您这样的阔太太，还不是想要多少钱就能有多少钱的？但自己得愿意去想办法才行。您就再好好想一想吧，瓦格纳夫人，这个没问题。"

"可我真的没钱。我倒是很愿意给你。可那么多钱我真的没有。我可以给你点钱……或许一百克朗……"

"我需要的是四百克朗，我刚才说过了。"她粗暴地脱口而出，像是自己被这无理要求冒犯了似的。

"可我没有钱！"伊蕾娜绝望地吼道。假如丈夫现在回来，那该怎么办呢？她这时想到，他是每时每刻都可能会回来的。"我向你发誓，我没有……"

"那您再想办法凑凑吧……"

"我不可能……"

那个女人从头到脚地打量她，好像在估摸她这一身装扮值多少钱似的。"喏……比如这只戒指……只要把它典当出去，马上就行了。不过我对金银首饰不是很在行……我确实从来没有过这种玩意儿……但四百克朗，我想还是值的吧……"

"把那只戒指当掉!"伊蕾娜突然喊叫起来。这是她的订婚戒指,她唯一从来不曾摘下来过的戒指,上面镶有一颗珍贵而漂亮的宝石,使得它价值连城。

"喏,那又为什么不呢?我可以把当票给您送过来,到时您想什么时候把它赎回都可以。您这不就又把它弄到手了嘛。我是不会把它放着的。像我这样的穷人,拿着这样一枚昂贵的戒指,又能派什么用场呢?"

"你为什么要跟踪我?你为什么又要折磨我?我不能……我不能。这你可得理解……你瞧,我已经做了力所能及的事。这你可得理解。你就发发慈悲吧!"

"还没有人对我发过慈悲呢。我饿得差点儿翘辫子。为什么偏偏要我对一个阔太太发慈悲呢?"

伊蕾娜真想狠狠地反驳她。可就在这关口,她听见外面门"砰"的关上的声音,一下子血液都快要凝固了。想必是丈夫下班回来了。她一点儿都没有考虑,迅疾从手指上扯下那枚戒指,伸手塞进那个等候的女人手里。女人赶紧将戒指藏了起来。

"您别害怕，我这就走。"那个女人点点头说道，她注意到伊蕾娜的脸上现出一种不可名状的恐惧，正急切地对着客厅凝神谛听，男人的脚步声果然清晰可闻。女人打开门，向走进来的伊蕾娜的丈夫打了声招呼就离开了房间，他只是抬头望了她一眼，似乎并没有对她特别加以注意。

"是一个太太，过来打听消息的。"伊蕾娜随手关上房门之后解释道。最要命的一瞬间总算挨过去了。他没有应答，安静地走进了已经摆好午饭的房间。

伊蕾娜觉得手指上原本被凉飕飕的戒指保护着的那个地方，好像有一股气流在燃烧，每个人都必定会朝那个裸露的地方瞧个明白，就仿佛看烙在罪犯身上的烙印那样。吃饭的时候，她总想把那只手藏起来，她一边这么做，一边还挖苦自己这种让人怀疑的过度紧张，但似乎丈夫的目光没有一刻不在朝她的手扫视，她的手挪到哪儿，他的目光就会跟踪到哪儿。她想方设法分散他的注意力，不断地提问，试图不让谈话中断。她不停地对他说，对两个孩子说，对家庭女教师说，她一再用提问的小火焰燃起他们谈话的火种，但她的呼吸总是不够用，胸口总是透不过气来。她努力表现出忘乎所以的样子，还引诱他们也一起兴高采烈，她和孩子们开玩笑，唆使他们互相挑逗，但他们并没有争打起来，也没有笑起来，因此她自己也感觉到了一点，那就是在她的欢声笑语中肯定有什么不对劲的地方，让他们不知不觉地感到奇怪。她使的劲儿越多，她的企图就越少成功。终于，她感到筋疲力尽，开始一声不吭。

他们也都默默无言。她仅仅能听见盘子轻轻的"叮当"声和她内心发出的越来越恐惧的声音。就在这时，她丈夫忽然问道："你的戒指去哪儿了？"

她顿时大惊失色。有一句话突然从心里说了出来，声音很大：完了！但她的本能还在拼命抵抗。她现在必须全力以赴。只要说出一句话，一句话。只要找到一句谎言，最后的一句谎言。

"我……我把它送到外面清洗去了。"

仿佛是为了让自己的谎言变得更加真实可信，她又斩钉截铁地补充道："后天我就把它取回来。"后天！现在她被自己束缚住了。一旦后天拿不回戒指，谎言就会被戳穿，她也难以幸免。现在她给自己规定了期限，所有这些茫然失措的恐惧现在突然使她有了一种全新的感觉，一种知道自己快要做出抉择的幸福感觉。后天！现在她知道自己的期限了，她真真切切地感觉到一种异样的镇静，将她的恐惧心理淹没了。有一种东西突然出现在她的心中，那是一种新的力量——求生的力量和寻死的力量。

终于清清楚楚地意识到自己快要做出抉择，反倒让她心里豁然开朗起来。先前的烦躁不安不可思议地让位于清晰的思维，先前的恐惧让位于连她自己都觉得陌生的水晶般透明的镇静。有了这种镇静，她突然看清楚了自己生活中的所有东西及其真正的价值所在。她估量自己的生活，觉得这种估量总是很难，倘若可以继续这种生活，可以赋予这种生活崭新而崇高的意义——这是那些充满恐惧的日子教给她的，倘若能够重新开始，清清白白、信心十足、没有谎言，她是很愿意的。但如果作为一个离婚女人，一个犯过通奸罪的女人，一个已经被丑闻败坏了名誉的女人生活下去，那她已经没有这种精力了，她也没有精力去继续这种冒险的游戏，去过一种靠收买得来的有时间期限的安宁生活。目前她已经无法想象再进行什么反抗了，结局已经临近，自己面临被丈夫、被自己的孩子、被周围的一切以及被自己抛弃的危险。在一个似乎无所不在的对手面前，她不可能逃脱。而自首，这条可靠的出路，她是绝不会去走的，她深知这一点。现在还只剩下一条路畅行无阻，但这是一条没有回头的路。

可生活依旧是那么诱人。这一天是个充满浓郁的春天气息的日子，春就是从冷冰冰的冬的怀抱里冲出来的。蓝天澄净如洗，在度过了冬天所有阴郁的光阴之后，人们像感受深呼吸一样地纷纷感受着苍穹的高远。

孩子们穿着鲜艳的衣服冲进家门，这还是他们今年第一次穿上那些衣裳。伊蕾娜不得不抑制自己的情绪，忍住眼泪以应对他们情不自禁的欢呼。一等到孩子们的笑声和她痛苦的回响在心里渐渐消失，她便开始果断地实施自己的决定。首先她想让那枚戒指物归原主，因为正如她现在的命运所决定的那样,不能有任何嫌疑落入她的记忆之中,谁也不应该拥有她那些明显的罪证。无论是谁,尤其是她的孩子们,绝不能预感到这一可怕的秘密,因为她已经从他们的手里夺走了它。意外的事是可能会发生的,这个谁也打不了包票。

她首先去了一家当铺,在那里当掉了一件几乎从来没有戴过的祖传首饰,换到了足够多的钱,好从那个女人手里赎回那枚暴露秘密的戒指。口袋里有了现金,她感觉安全多了,于是在大街上随意地继续散步,她心里有种渴望,希望遇见那个敲诈勒索她的女人,而这正是她到昨天为止最为害怕的。空气暖洋洋的,和煦的阳光照在房子上。一阵狂风急吼吼地将白云吹到了天上,其中的某些东西似乎也已闯入了人们的节奏之中,他们现在要比那些绝望而阴郁的冬日更轻松愉快地大步向前了。可她自以为从中感觉到了什么。死亡的念头,昨天还飘荡在脑海里挥之不去,双手还紧张得难以摆脱颤抖,现在却突然变得如此不可思议,竟然从她的所有感官中消失了。难道只因为某个可恶的女人的一句话,就可以将这所有的一切统统摧毁掉,比如这闪闪发光的建筑、疾驶而过的汽车、欢声笑语的人们以及他们喜上眉梢的心情？整个世界都和这无尽的火焰一起在她心里熊熊燃烧，难道一句话真能浇灭它吗？她不停地走，但目光不再下垂，而是坚定地朝前，几乎充满渴望地想最终找到那个她已经寻找了多时的女人。现在受害者要寻找猎手了，而且就像一只被追捕的较为弱小的动物，当感觉自己无法逃脱，便带着绝望的决心突然转过身来，做好迎击跟踪者的战斗准备一样，她现在要求和折磨她的女人当面对质，拿出最后的力气进行搏斗，正是生命的本能将这样的力气交给了绝望者。她故意站在平时那个女人习惯于进行窥探的那栋房子附近，有一次她甚至还急匆匆地穿越大街，因为她觉得某一个女人就是她要寻找的那个人。这早已不再是戒指本身的问题了，如果是为戒指而斗争，那它真的仅仅意味着拖延时间而不是解放，因此她渴望见到那个女人，就像渴望命运的预兆一样，她之所以做出这样的决定，是因为在她看来，这枚戒指能否失而复得，将决定她的生死命运。可是在哪儿都找不见这个女人。她就像洞里的老鼠一样，隐匿在大都市的滚滚人流中。伊蕾娜很失望,但还没有绝望,中午的时候她转回家去,为的是在午餐过后能够继续开始那毫无结果的寻找。她又一次在大街上搜寻,可现在,因为在哪儿都找不见那个女人,一种几乎摆脱了的恐怖便又开始在她心里重新滋长。恐惧的不再是这个女人,不再是这枚令她惴惴不安的戒指,而是在所有的相遇中这种可怕的令人不解的东西,那是用理智完全无法理解的。这个女人像是有魔法一样,知道她的名字和她的家,知道她所有的时间安排和家庭经济状况,总是在最为恐怖和最为危险的时刻出现,好让自己在最符合期望的时刻突然消失。她肯定是在哪儿的一个喧嚣的洪流中,只要她愿意的话可以离得很近,可若是想见到她,却又是难上加难,而这无形的威胁,这个敲诈勒索的女人却近在咫尺,近得令人难以想象,让伊蕾娜度日维艰,这种状况又无法摆脱,于是这个早已疲惫不堪的女人便无可奈何地被置于愈来愈不可思议的恐惧中。这就好比那些更强大的力量,恶魔一般地共同密谋毁灭她,对她暴露出的弱点进行冷嘲热讽,用敌对性的意外事件对她做出强有力的反击。她神情紧张,迈着不安的步伐,在同一条大街上来来回回地走动,她觉得自己就像是一个上街拉客的妓女一样。可她依然找不到那个人。此刻,唯有黑色铺天盖地地从天而降,春日的黄昏将天空中亮丽的色彩融入浑浊的暗淡中,夜晚就这样匆匆来临了。大街两旁的路灯亮了起来,人流越来越急地赶着回家,整个生活似乎消隐在了黑暗中。她来来回回地又逛了几次,带着最后的希望沿着大街张望,最后沮丧地回头朝自己家走去。她已经冷得发抖了。

她疲惫地上楼。听到隔壁房间里孩子正准备上床睡觉,她没有过去和他们互道晚安。为这个夜晚告别,她就想到了这个永远的夜晚。她现在何必还要去看孩子们呢?难道是为了在与他们纵情的亲吻中感受到纯真的快乐,在他们欢笑的脸蛋上感受到爱吗?事到如今,又何必用一种早已逝去的欢乐折磨自己呢?她咬紧牙齿想:不,自己不想再从这种生活中感受到任何东西了,无论是让她牵挂拥有许多回忆的愉快的东西,抑或是欢笑的东西,因为到了明天,她将不得不突然撕碎所有这些关系。她现在只想到讨厌的东西,只想到丑恶的东西、无耻的东西，只想到灾难、那个敲诈勒索的女人，只想到那件丑闻，想到让她堕入深渊的一切。

丈夫的归来打断了她阴郁而孤单的沉思。为了营造一种友好活跃的谈话氛围，他在言辞上尽力和她套近乎，不时地问长问短。某种烦躁不安的感觉使她无心回应丈夫这种突然如此体贴入微的关怀，一想到昨天的交谈，她便不想再说什么话了。某种内心的恐惧阻止她为了爱履行自己的义务，为了同情让自己坚守。他似乎感觉到她的抵触情绪，禁不住显得忧心如焚。她担心他出于关心再度亲近她，于是提前和他道了声晚安。"明天见。"他回答。她转身离开。

明天，近在咫尺，又远在天涯！她觉得这个不眠之夜邈远而阴森。街道上的喧嚣声渐渐沉寂下来，她从房间的反光中看到室外的灯光已经熄灭了。有时候，她觉得能够感受到其他房间很近的呼吸声，感受到孩子们的生活、丈夫的生活，感受到那个近在眼前却又远在天边、几乎早已消失了的世界的生活，可同时还感受到一种莫名的沉默，这种沉默既不来自大自然，也不来自周围，而是来自内心，来自神秘地汩汩流淌的清泉。她感觉入殓后被置于无尽的静寂之中，感觉黑暗就像那看不见的天空压在她的胸口。喧闹的时刻往往要在持续一段时间之后才渐渐沉入黑暗之中。然后，夜晚就变得乌漆墨黑、了无生气了，可她觉得自己还是第一次明白了这个空洞无垠的黑暗的意义。她现在不再去想告别和死亡的事了，而只想着能够从丈夫身边溜走，尽可能悄悄地从孩子们身边溜走，不至于暴露那耸人听闻的耻辱。她想过所有的出路，深知这些出路将引导她走向死亡。她也想过自我毁灭的种种可能性，终于，她突然又高兴又惶恐地想起自己有一次生病，疼得死去活来，从而引发失眠，医生给她开过吗啡的处方，那次她从一只小瓶子里一滴一滴服用这种带有酸甜味的药水，有人当时告诉她，这样的剂量足以让一个人温柔地长眠。哦，不再遭人围追，可以安息，永远安息，心灵不再感觉到恐惧的敲打！这种安静地长眠的念头强烈地刺激着这个失眠的女人，她都能感觉到唇边胆汁的味道和那种浑身酥软时的神志错乱了。她急忙起身，点了一盏灯。她马上找到了那只小瓶子，只是里面只装了大半瓶药，她担心这点剂量还不够。她发疯似的仔细搜寻所有的药店，终于找到一家药房同意为她的处方提供大剂量配药。就像面对一张大面额纸币一样，她微笑着将药方折叠起来：现在她将死亡握在手里了。尽管冷得全身战栗，她还是十分镇定，本想重新回到床上去，可现在，当她从明亮的镜子前慢慢走过，突然从黑色镜框里发现自己在和自己抗争着，长得像鬼一样，面容惨白，目光呆滞，身上披着一件白色睡衣，那睡衣仿佛是罩在尸体上的一袭床单。一阵惊恐向她袭来，她熄了灯，全身冰凉地逃回到那张孤零零的床上，却始终无法入眠，直至天色破晓。

上午，她烧掉了所有的信件，将各种琐事安排妥当，但尽可能避免看到孩子们，甚至不想看到所有她喜欢的一切。她现在只想远离这样的生活：富有诱惑力的寻欢作乐，让她枉自犹豫，使她难以做出决定。于是，她又一次走上大街，想最后一次碰碰运气，希望遇见那个敲诈的女人。她不知疲倦地在一条又一条大街上搜寻，却越来越没有那种提心吊胆的感觉了。在她心里，某些东西早已疲倦，她已经没有勇气继续抗争了。她像是履行义务似的，不停地走了两个小时。不管在哪儿，她都见不到那个女人。这并没有让她感到痛苦。因为感觉全身乏力，她几乎都不想再见到她了。她朝行人的脸一一看去，觉得所有的人都很陌生，大家全都没有了生气，在某个方面全都麻木不仁了。不知怎么，这一切已经变得遥不可及，无可救药，不再属于她。

只是有一回，她吓得浑身颤抖。她觉得好像自己回头察看的时候，在大街另一端熙熙攘攘的人群中发现了丈夫的目光，那种显眼、严厉、反感的目光，是她不久前才从他那里看到过的。她怒气冲冲地盯着那边望去，可那个身影眨眼间消失在一辆正好从他身旁驶过的汽车后面，不过想到丈夫最近一段时间总是在法院里忙得不可开交，她心里也就镇静下来了。由于自己一直处在东张西望的惴惴不安中，她的时间观念就淡漠了，结果回来时已经过了午餐时间。不过丈夫也没有像平时一样及时到家，而是过了两分钟才回来，她觉得他显得稍稍有点激动。

现在，她计算着到晚上还有几个小时，让她大为惊讶的是，竟然还有那么多时间，同时令她感到奇怪的是，用来告别的时间其实也并不需要很多，要是知道一个人无法带走任何东西，那一切也就没有多少价值了。想到这里，一种类似睡意蒙眬的感觉向她袭来。她不由自主地重新走上街头，什么也不去想，什么也不去看，只是碰碰运气而已。她走到一个十字路口，一名马车夫在最后一刻把马拽住，她这才发现车辕差点儿和她相撞了。马车夫骂了一句很难听的话，她还没转过身来，就在心里想：这或许就是有救或者拖延时间的预兆吧。因为一旦出了交通事故，她就根本不用下定那个决心了。她费劲地继续向前走，如果能够什么也不用去想，心里只是迷迷糊糊地有一种末日来临的阴郁感觉，有一阵迷雾不知不觉地飘下来并且遮住一切，那也让人挺舒服的。

她随意地抬头望了一眼街名，顿时吓得缩作了一团，因为她这样稀里糊涂地溜达，不经意间竟然快要走到她那个前情人的家门口了。难道说这是一个预兆吗？他或许还可以帮帮她，想必他知道那个女人的地址。她高兴得几乎全身发抖了。她怎么以前就没想到这一点，这个最简单不过的道理呢。她忽然觉得自己的五脏六腑又开始活跃，这一希望使她原本变得杂乱无章的迟钝思维得以重新开动起来。他现在一定会跟她到那个女人那里去，把那件事彻底了断。他一定会威吓她，让她立即停止这种敲诈的行径，甚至只要给她一笔钱就足以让她离开这座城市。她突然觉得很遗憾，最近对待这个可怜的情人太不好了，但他一定会对自己施以援手的，她对这一点很有信心。多么奇怪啊，救星现在才出现，现在，就在这最后的时刻！

她急匆匆地跑上楼去按门铃。但没人回应。她侧耳倾听。她似乎听到门后面传来蹑手蹑脚的脚步声。她又按了一次门铃。依然是没人响应。可她又一次听见里面传来轻手轻脚的声响。她再也忍不住了，开始不停地按铃，这可是事关她的生命啊。

终于，门后面有了一点动静，门锁发出"咔嗒"一声，一条细小的门缝打开了。"是我。"她赶紧说道。

他这才把门打开，像是大为吃惊的样子。"你是……您是……夫人，"他支支吾吾地说，一副不知所措的样子,"我……请您原谅……我……没料到……您过来……请原谅我的衣衫不整。"说完他指指他卷起的衬衫袖子。他的衬衫半敞着,那是一件没有领子的衬衫。

"我有急事找您……您得帮我。"她激动地说道,此刻她就像一个乞丐似的,还一直站在门外的过道里。"您难道就不想让我进去说上两句话吗?"她愤愤不平地补充道。

"请进,"他尴尬地喃喃道,目光闪向一边,"只是我现在……我没法……"

"您必须听我说。这可都是您的错。您有责任帮我……您得把那枚戒指给我弄来,您得……或者您至少告诉我地址……她一直在跟踪我,现在她走了……您必须这么做,您听到了吗?您必须这么做。"

他目瞪口呆地凝望她。她这才发觉,自己气喘吁吁说出来的话,完全是前言不搭后语。

"噢……您知道吗……您的女朋友,您的前女友,那个女人当时看到我从您家里出来,从此以后就跟踪我,敲诈我……她要折磨我到死……现在她又拿走了我的戒指，可这枚戒指我得要回来才行。今天晚上之前我得要回来，我说过今天晚上之前……您得帮我啊。"

"可是……可是我……"

"您帮我，还是不帮我？"

"可我根本不认识您说的那个人啊。我不知道您指的是谁。我永远不会和那些敲诈勒索的女人有任何瓜葛。"他说话的语气几近粗暴无礼。

"是吗……您不认识她。这么说她是在凭空捏造。可她知道您的大名，知道我的家在哪儿。也许她的敲诈勒索也不是真的。也许我只是在做梦吧。"

她发出尖锐刺耳的笑声。他顿时感到不对劲起来，马上想到可能是她发疯了。她的眼睛闪闪发光。她的行为举止错乱了，说出来的话前言不搭后语。他心惊肉跳地四处张望。

"请您千万别紧张……夫人……我向您保证，是您搞错了。这绝对不可能，这一定是……不，这我自己都不明白。我不认识那样的女人。您知道，自从我暂时住在这里之后，和两个女人有过关系，但她们都不是这样的人……我不想列举任何名字出来，可……可这又是那么荒唐可笑……我向您保证，这肯定是一场误会……"

"那么说，您是不愿意帮我了？"

"我当然会帮您……如果我能做到的话。"

"那……您过来。我们一起到她那里去。"

"到谁那里……究竟到谁那里去？"他说完话，她一把抓住他的胳膊，他再次感到害怕起来，她一定是疯了。

"到她那里……您倒是愿意去，还是不愿意去？"

"那当然……当然，"看到她步步紧逼的样子，他对她的怀疑愈发强烈起来，"当然……当然……"

"那您来吧……这是事关我生死的问题！"

他强忍着没有笑出来。紧接着，他突然变得一本正经起来。

"对不起，夫人……可眼下这一时半刻不行……我在给人上钢琴课……我现在没法中断上课……"

"是这样……是这样……"她对着他的脸发出尖厉的笑声，"您在给人上钢琴课……挽着衬衫袖子……你这个骗子。"转眼之间，她被一种念头攫住，冷不防冲进屋子。他试图阻止她这么做。"那个敲诈勒索的女人，她是在你家里吧？原来你们是在唱双簧。说不定她从我那里敲诈来的东西，你们是一起平分的吧。我要逮住她。我现在是天不怕地不怕的人了。"她高声吼叫着。他抓住她，她跟他反抗，一把挣脱开，径直冲到卧室门口。

一个人影朝后退缩，显然是在门口偷听。伊蕾娜惊愕地注视着眼前这个陌生女人。陌生女人衣衫稍显凌乱，匆匆转过脸去。她的情人奔过来，阻止伊蕾娜轻举妄动，以免发生不测，他认为她一定是疯了，可她马上重新从房间里退了出来。"请原谅。"她喃喃地说道。她的脑子完全糊涂了，她什么也不明白，只是感到恶心，止不住的恶心，还有身心疲惫。

"请原谅，"她看到他不安地盯着自己，又一次说道，"明天……明天您就什么都明白了。就是说，我……我自己都不明白。"她和他说话，仿佛在和一个陌生人说话一样。她一点儿都想不起来自己曾经委身于这个人，她简直感觉不到自己的身体存在过。现在，一切变得更糊涂了，只有一点她很清楚，一定是哪儿有诈。可她累得没法再去想一下，累得没法再去看一眼。她闭着眼睛走下楼梯，仿佛是一个被送上断头台的死囚犯。

从大楼里走出来，街上已是漆黑一片。她的脑海里突然闪过一丝念头，也许她现在还在那儿等着，也许现在这最后一刻还有救。她觉得自己似乎应该双手合十，向早被自己遗忘的上帝祷告。哦，只要再买来几个月的时间就好，还有几个月就到夏天了，到时就可以在那个敲诈勒索的女人找不到的地方太平无事地生活了，她就可以生活在草地和原野之间，只要一个夏天，但却是一个完整而圆满的夏天，比一个人的一生还值。她贪婪地在那条黑漆漆的大街上东张西望。她似乎看到有个人暗中守候在一幢大楼门口，可当她渐渐走近，那个人又突然消失在了过道的深处。有一瞬间，她感觉这个人和自己的丈夫长得很像。这是她今天第二次感到恐惧，恐惧在大街上突然觉察到她的丈夫，觉察到丈夫的目光。她犹豫着是否要证实一下。可是人影已经消失在阴影中了。她心神不宁地继续朝前走，内心异常紧张，总觉得背后有一双火辣辣的目光盯着她的颈背，转过身一看，又什么都没有。

药房就在不远处。她怀着一丝惊恐走了进去。助理药剂师拿起药方，准备配药。就在这个瞬间，她看到了一切，闪闪发光的天平秤，小巧玲珑的砝码，细小的标签，而在柜子的上面，则是一排排写着奇特的拉丁文的名贵药物，她本能地按照字母排列将那些名字逐一看了个遍。她听见钟表的"滴答"声，感觉到那种特有的芳香，那种药品浓烈而甜腻的味道，忽然想起小时候，自己总是央求母亲让她到药房去买药，因为她喜欢那种气味，喜欢看各种各样闪耀着异彩的瓶瓶罐罐。她可怕地想起，有一回去买药，忘了和母亲说一声，结果可怜的母亲为她担心得不得了。母亲是多么害怕呀！她惊愕地想到这里时，助理药剂师从一只大肚瓶中将一滴滴浅色药水灌进蓝色小瓶子里。她目不转睛地注视着死神从这只大瓶转移到那只小瓶里，然后死神很快地又会从那只小瓶流入她的血管里的，一种凉飕飕的感觉随即蔓延到了她的全身。药剂师的手指此刻用软木塞将装满了药水的瓶子塞紧，又用纸把这只危险的圆瓶包住,她像是梦游一般,徒然地凝视着他的手指。她的所有感官都被这一可怕的念头束缚住了,完全麻木了。

"请付钱,两克朗。"助理药剂师说道。她从神游中清醒过来,漫无目的地环顾四周。然后,她不自觉地将手伸进口袋掏钱。在她心里一切还像做梦一样,她注视着那些硬币,居然没能马上数出来,不由得将付款的速度降低了。

就在这时,她的手臂冷不防被人用力推了一下,随即听到钱币落到玻璃碗中的"叮当"声。一只手从旁边伸过来,一把抓住那个小瓶子。

她转过身,顿时呆住了。她的丈夫站在那里,嘴唇紧闭。他脸色苍白,额头上渗出一层汗珠。她感觉自己快要晕厥过去了,不得不赶紧扶住桌子。这时,她突然醒悟过来,在大街上看到的那个人,黑暗中守候在那幢大楼门口的那个人,原来就是他。其实她早已预料到是他,只是那一瞬间迷糊了。

"过来。"他说道,声音低沉,令人窒息。她直愣愣地盯着他,可令她感到惊讶的是,她在心里,在意识完全模糊而深沉的世界里，竟然听从了他的召唤。她的脚步紧跟着丈夫，连自己都不知道为什么。

他们并排穿过大街。谁也没有去看对方一眼。他手里始终抓住那个小瓶子。有一次，他还停下脚步，擦拭自己湿漉漉的额头。她也在不知不觉中放慢脚步，并不是心甘情愿，也不知道为什么。可她不敢朝他那边瞅。他们俩谁也不说话，街头的嘈杂声在他们之间高一浪低一浪地不断起伏。

到了楼梯口，他让她走在前面。可是，只要他不走在她身边，她的脚步马上就会摇晃起来。她停下脚步，站住不动。他马上扶住她的胳膊。她被他这一碰，吓得直哆嗦，赶紧加快步伐，沿着最后几级楼梯，向楼上奔去。

她走进房间。他跟在她后面。四壁漆黑，几乎什么都看不清。他们依然不吭一声。他把包瓶子的纸扯下，打开小瓶，将里面的液体倒了出来，然后用力将瓶子扔到一个角落里。听到瓶子叮当作响，她吓得直打战。

他们依然沉默无语。她感觉到他在克制自己的情绪，不用朝他那里瞅也可以感觉到这一点。终于，他向她慢慢走来。向她走近，走得越来越近了。她能感觉到他沉重的呼吸声，她睁开呆滞的仿佛被云雾笼罩的眼睛，看着他的眼睛闪耀着光芒从房间的暗处向自己渐渐靠近。她在等着听他暴跳如雷的声音，当他一只手一把抓住她时，她感到不寒而栗。伊蕾娜的心都快要停止跳动了，唯有神经像绷紧的琴弦一样在颤动，一切都在等待着惩罚。她几乎是在盼望他愤怒发作。可他始终不发一言。她发觉他的靠近是一种温柔的靠近时大为惊讶。"伊蕾娜，"他说道，声音听起来也格外温柔，"我们还要折磨自己多久呢？"

这时，几周以来一直积聚并埋在她心底的啜泣，突然抽搐般地爆发了，那种冲击力极其强大，像是野兽的独特而徒然的号叫，终于尽情地发泄出来了。有一只愤怒的手似乎从心里抓住她，猛烈地摇晃，她像一个醉酒的女人踉踉跄跄地走着，要不是丈夫扶住她，她恐怕早就倒下了。

"伊蕾娜，"他安慰道，"伊蕾娜，伊蕾娜。"他不停地呼唤她的名字，声音越来越低，越来越平静，似乎用这种愈来愈温柔的语调，就能平息她痉挛似的神经那绝望的内心骚动。可回答他的唯有她的啜泣、内心的狂乱和折磨她周身的巨大痛苦。他将那个抽搐着的身体扶到沙发上安顿好。可啜泣声并没有停息下来。像是受到了电击似的，这泣不成声的痛哭流涕使她的身体不停地战栗，惊恐和寒冷像滚滚的波涛流遍了她受尽折磨的全身。她已经忍无可忍地坚持了好几个星期，此刻她的神经崩溃了，痛苦随心所欲地在她麻木的肉体里兴风作浪。

丈夫异常激动地抓住她战栗不止的身体，握住她冰凉的双手，吻着她的衣服、她的脖颈，起先平静，继而疯狂，满怀恐惧与激情，可她蜷缩的身体始终像有了一条裂痕一样不停地抽搐。那终于迸发出的啜泣的波涛从她的体内"哗哗"地向上喷涌。他摸了下她的脸，脸是冰凉的，被泪水冲刷过，他感觉到她太阳穴上的动脉在不停地敲击。一种不可名状的恐惧向他袭来。他跪下了，希望凑近她的脸说话。

"伊蕾娜，"他紧紧地拉住她的手，"你干吗还哭呢……现在……现在不是一切都已经过去了吗……你干吗还要折磨自己呢……你不用再感到害怕了……她永远不会再来，永远不会……"

她的身体又一次抽搐起来，丈夫用双手将她抱住。他心里感到恐惧，因为他感觉到那种绝望在撕扯她那遭受折磨的肉体，仿佛是自己将她谋杀了。他一刻不停地亲吻她，支支吾吾、语无伦次地说着对不起的话语。

"不……再也不会……我向你发誓……我真的没料到你竟然会害怕到如此程度……我只是想提醒你……提醒你回来尽自己的职责……只是想要你离开他……永远永远……回到我们身边……当我偶然听说这件事时，我真的别无选择……可我自己没法告诉你……我原以为……一直以为，你会回来的……正因为如此，我才打发她去的，让这个可怜的女人，让她来敲诈你……她是个可怜虫，一个演员，一个被解雇的……她本来不愿意做这种事，可我希望这样……我意识到这是错误的……可是我是希望你回来啊……我这不是一直在向你表明，我是准备着……除了你的一声道歉，我什么都不想要，可你没有明白我的意思……但是我又……我又不愿折磨你太过分……看到这一切,我比你还要痛苦……我观察你的每一个动作……只是为了孩子,你知道吗,我是因为孩子才不得不强迫你……可现在一切真的都已经过去……现在一切又会好起来的……"

她昏昏沉沉地听着丈夫的每一句话,那些话仿佛从遥远的地方传来,听上去似乎又离得很近,但却听不真切。有一种"嗡嗡"声在她心里涌动,将所有其他的声响淹没了,那是各种感官的喧嚣,每一种感觉都在这种喧嚣中渐渐湮灭。有人在触摸她的皮肤,在亲吻她,爱抚她,她感觉自己的眼泪早已变冷了,但体内的血液却充满声响,充满着沉闷的隆隆声,这种声响愈来愈猛烈,现在正像疯狂的闹钟一样发出轰鸣。然后,她清晰的意识逐渐消失了。她迷迷糊糊地从昏厥中醒来,感觉有人给她脱衣服。她从云雾中看到丈夫的面容,那面容充满善意和担忧。接着,她沉入到黑暗深处,沉入到久违的黑黢黢的无梦睡眠中。

翌日早晨,她睁开眼睛,房间里已经很亮堂

了。她心里同样有一种很亮堂的感觉,那是云开雾散,宛如自己的血液被一场豪雨洗涤过一般。她努力回想曾经发生的一切,可觉得一切好似一场梦。一切都是虚幻的、轻浮的、无拘无束的,就像在睡梦中轻飘飘地走过一个个房间,她似乎有种脉搏在突突跳动的感觉,为了确认自己这种清醒的意识是否真实,她试探性地摸了摸自己的双手。

她突然吓了一跳,那枚戒指在她的手指上闪闪发亮。刹那间,她完全清醒过来。她在半晕厥状态中听到的那些杂乱无章的话,可不是她原先从来不敢想也不敢怀疑的仅仅是一种预兆不祥的阴郁感觉,如今蓦然回首,她才发现其实这两者之间有着紧密而清晰的内在关联。她一下子恍然大悟,明白了丈夫提的那些问题、她情人的惊讶,所有的死结都解开了。她看到自己被卷进了那张可怕的网中。愤怒和羞耻向她袭来,她的神经重新开始颤抖,她甚至有一点后悔自己为什么要从刚才那种没有梦幻、没有恐惧的睡眠中醒来。

这时,隔壁房间里传来欢笑声。孩子们起床了,就像清醒的小鸟一样叽叽喳喳地开始了新的一天。她清清楚楚地听出是男孩的声音,第一次吃惊地发觉父子之间的声音是多么相像。她的嘴角露出一丝微笑,然后在那里停住了。她闭着眼睛躺在那里,好让自己更深地享受这所有的一切,自己的生活是什么?自己现在的幸福又是什么?她的内心还有一些伤痛,不过那是一种孕育着希望的疼痛,既强烈,又柔和,就像伤口在彻底愈合之前那种火辣辣的疼一样。

著译者

著者 斯蒂芬·茨威格（Stefan Zweig，1881—1942）

奥地利著名小说家、传记作家。茨威格擅长细致的心理描写，善于对人物尤其是女性的奇特命运以及个人遭际与心灵进行热情的描摹，被公认为世界最杰出的中短篇小说家之一。

代表作有《恐惧》《一个女人一生中的二十四小时》《一个陌生女人的来信》《象棋的故事》，回忆录《昨日的世界》，传记名作《人类群星闪耀时》等。

译者 沈锡良

中国作家协会会员，上海翻译家协会理事，副译审。长期从事现当代德语文学译介工作，代表译著有《朗读者》《你的奥尔加》《托特瑙山》《今天我不愿面对自己》《大赌局》《公鸡已死》《背向世界》等。

图书在版编目（CIP）数据

恐惧/ (奥) 斯蒂芬·茨威格著；沈锡良译. -- 上海：上海文艺出版社，2023
ISBN 978-7-5321-8523-8

Ⅰ.①恐… Ⅱ.①斯…②沈… Ⅲ.①中篇小说－奥地利－现代

Ⅳ.①I521.45

中国版本图书馆CIP数据核字(2022)第244593号

发 行 人：毕　胜
策　　划：李伟长
责任编辑：崔　莉
封面设计：钟　颖

书　　名：恐　惧
作　　者：[奥] 斯蒂芬·茨威格
译　　者：沈锡良
出　　版：上海世纪出版集团　上海文艺出版社
地　　址：上海市闵行区号景路159弄A座2楼　201101
发　　行：上海文艺出版社发行中心
　　　　　上海市闵行区号景路159弄A座2楼206室　201101　www.ewen.co
印　　刷：上海中华印刷有限公司
开　　本：787×1092　1/32
印　　张：4.75
插　　页：2
字　　数：67,000
印　　次：2023年6月第1版　2023年6月第1次印刷
Ｉ Ｓ Ｂ Ｎ：978-7-5321-8523-8/I.6719
定　　价：39.00元
告 读 者：如发现本书有质量问题请与印刷厂质量科联系　T：021-69213456